天上掉下个林妹妹

李岫泉 著

中国书籍出版社

图书在版编目(CIP)数据

天上掉下个林妹妹/ 李岫泉著-- 北京：中国书籍出版社，2019.10

ISBN 978-7-5068-7462-5

Ⅰ.①天… Ⅱ.①李… Ⅲ.①红楼梦》人物—人物研究 Ⅳ.①I207.411

中国版本图书馆CIP数据核字(2019)第210663号

天上掉下个林妹妹

李岫泉 著

责任编辑	杨铠瑞 庞 元
责任印制	孙马飞 马 芝
封面设计	东方美迪
出版发行	中国书籍出版社
地 址	北京市丰台区三路居路 97 号（邮编：100073）
电 话	（010）52257143（总编室） （010）52257140（发行部）
电子邮箱	eo@chinabp.com.cn
经 销	全国新华书店
印 刷	北京九州迅驰传媒文化有限公司
开 本	787毫米×1092毫米 1/16
印 张	11.75
字 数	198千字
版 次	2019年10月第1版 2019年10月第1次印刷
书 号	ISBN 978-7-5068-7462-5
定 价	36.00元

版权所有 翻印必究

序 言

　　文学与教育有着天然的联系。文学是人学，自古就有文以载道、以文化人的说法阐释着文学的教育功能。教育是教化育人，蔡元培先生说，教育是帮助被教育的人"能发展自己的能力，完成他的人格"。那么，引领人精神、涵养人灵魂的文学教育，也正是以促进人格成长为目的的良好教育方式。千百年来，优秀的文学作品一直如熊熊火炬在前方引路，让中华民族在漫长的历史中文脉不断、元气不散，虽履险而能如夷，经百折而犹向前。

　　正缘于此，以培养学生健全人格为目的的潞河教育，有着悠久的文学教育传统，在跨越三个世纪的风风雨雨中，爱国、乐群、自律、修身，"主动发展，追求卓越"的潞河精神历久弥新。从20世纪的各界大家、乡土文学大师到近几年的90后诗坛新秀，潞园充满诗意的沃土上，永远栖居着精神自由的创造之魂。

　　我们有十几个学生社团，潞园文学社、先锋话剧社、广播剧社、潞园广播站、潞河之星电视台、旭友音乐社、历史文化社等直接与文学艺术相关的社团，使学生的课余生活充满了激情和诗意；我们还定期举办读书节，开展征文竞赛，提高每一个学生人文修养；举办艺术节，让高雅艺术走进校园，让每一个孩子展示艺术才华；举办科技节，让每一个学生动脑、动手，开展小制作、小设计、小发明活动；举办各种体育赛事，提高每一个学生的身体素质……一个个社团活动和传统节目，构成了一幅幅浓墨重彩的校园文化景观，培养出一个个不同凡响的孩子。

　　为什么潞园这片三百三十亩的土地上会有如此丰沛的诗意和激情？文学与潞园一次次美丽的邂逅，很好地诠释了这一点。因为在这里，你可体察"池塘生春草，园柳变鸣禽"；在这里，你能感悟"阳春召我以烟景，大块假我以文章"。因为这里有一百五十年灿烂的校园文学与深厚的文化底蕴，这里有丰草长湖与红楼古木，这里有跃动的青春，有生命的旗帜。

　　要培养一个人格完善的人，光有专业的知识教育还不够。爱因斯坦说："用

一、林黛玉独立创作的诗歌 ………………………………… 48
　　二、林黛玉诗歌问句现象分析 ……………………………… 48
　　三、林黛玉的诗词所散发出的哲学思考 …………………… 49

第四章　宝黛爱情 ……………………………………………… 50
　第一节　木石前盟 …………………………………………… 50
　第二节　爱的轨迹 …………………………………………… 51
　第三节　共读西厢 …………………………………………… 53
　第四节　七嘴八舌说是非 …………………………………… 54
　第五节　宝黛爱情之我见 …………………………………… 58
　　一、宝钗残缺的婚姻 ……………………………………… 58
　　二、黛玉完美的爱情 ……………………………………… 60
　　三、关于爱情与婚姻 ……………………………………… 63

第五章　黛玉之死 ……………………………………………… 65
　第一节　黛玉之死情节回放 ………………………………… 65
　第二节　黛玉死因观点述评 ………………………………… 68
　第三节　黛玉之死之我见 …………………………………… 70

第六章　《红楼梦》的解读密码 ……………………………… 72
　第一节　符号意识 …………………………………………… 72
　　一、整体意识 ……………………………………………… 72
　　二、主体意识 ……………………………………………… 72
　　三、符号意识 ……………………………………………… 73
　第二节　从"十二钗判词"看群钗命运 …………………… 75
　　一、钗黛判词 ……………………………………………… 76
　　二、元春判词 ……………………………………………… 77
　　三、迎春判词 ……………………………………………… 78
　　四、探春判词 ……………………………………………… 79
　　五、惜春判词 ……………………………………………… 80

六、湘云判词 ·· 83

　　七、妙玉判词 ·· 83

　　八、熙凤判词 ·· 84

　　九、巧姐判词 ·· 86

　　十、可卿判词 ·· 87

　　十一、李纨判词 ·· 88

第七章　黛玉形象意义探究 ·· 90

第一节　林黛玉思想性格的关键词 ·· 90

第二节　通过性格比对法看黛玉形象 ······································ 91

　　一、林黛玉与屈原 ·· 91

　　二、林黛玉与嵇康 ·· 92

　　三、林黛玉与苏轼 ·· 94

第三节　通过求同法看古代文人的性格及命运 ························· 96

第八章　钗黛关系——矛盾的一体两面 ································ 98

第一节　什么是矛盾的一体两面 ·· 98

第二节　从"十二钗判词"分析钗黛一体的可能性 ················· 99

第三节　从宝钗形象看钗黛一体 ··· 100

　　一、温柔和顺，语言常笑 ·· 101

　　二、老于世故，明哲保身 ·· 104

　　三、热心助人，顾全大局 ·· 106

　　四、深谙世道，痛恨禄蠹 ·· 108

　　五、宝钗形象辩证谈 ·· 111

第四节　从钗黛形象比较分析一体两面的可能性 ···················· 112

第五节　从《咏白海棠》诗分析钗黛一体的可能性 ················ 114

第六节　从符号意识角度分析钗黛一体的可能性 ···················· 115

第九章　裙钗皆为黛影 ·· 117

第一节　影子说如是解 ·· 117

第二节　晴为黛影 ··· 118
　　第三节　妙玉与黛玉 ·· 123
　　　　一、妙玉的洁癖与孤僻 ································· 123
　　　　二、妙玉"热情待客"中没有掩盖住她的孤僻 ········ 124
　　　　三、从"喝梯己茶"看妙玉的洁癖和极端孤僻 ······· 124
　　　　四、"槛外人"妙玉其人 ································ 125
　　　　五、凹晶馆联句 ··· 127
　　第四节　湘云与黛玉 ·· 128
　　　　一、史湘云主要情节 ···································· 128
　　　　二、湘云性格特点 ······································· 130
　　第五节　秦可卿的符号特征 ·································· 137
　　　　一、秦可卿的出身 ······································· 137
　　　　二、秦可卿名字的由来 ································· 138
　　　　三、秦可卿与林黛玉之间的联系 ····················· 138
　　　　四、从判词及曲演看秦可卿 ·························· 139
　　第六节　李纨形象的符号意义 ······························· 140
　　第七节　元迎探惜四姐妹符号特征 ························ 142

第十章　林黛玉形象就是曹雪芹本人心灵印迹的投影 ········ 146

　　第一节　曹雪芹其人 ·· 146
　　第二节　荒唐言里味真味 ···································· 147
　　第三节　曹雪芹与林黛玉之比较 ··························· 152
　　　　一、二人都家世显赫，出身世家大族 ··············· 152
　　　　二、家族长辈文化程度颇高 ·························· 154
　　　　三、二人都身世坎坷，尝尽人情冷暖 ··············· 155
　　　　四、二人都满腹才华，性格孤傲，不被世人理解 ·· 156
　　第四节　关于中国古代知识分子的性格 ··················· 158
　　　　一、关于道 ··· 158
　　　　二、关于道统 ·· 159
　　　　三、政统与道统 ··· 160

四、士人的概念 …………………………………………… 160
　　五、中国古代知识分子性格分析 ………………………… 161
　　六、竹、菊、莲与文人与黛玉 …………………………… 165

第十一章　谁是你心中的"林妹妹" ………………………… 169

第一节　概述爱情三要素 ……………………………………… 169
第二节　"爱"之一字好辛苦 ………………………………… 169
　　一、林妹妹可能是你的初恋 ……………………………… 170
　　二、林妹妹可能是"与子偕老"的终生伴侣 …………… 170
　　三、林妹妹可能是你得而复失永远的心痛 ……………… 170
　　四、林妹妹可能是你志同道合的战友 …………………… 171
　　五、林妹妹可能是你的红颜知己 ………………………… 172
第三节　此恨绵绵无绝期 ……………………………………… 173
　　一、《长恨歌》…………………………………………… 173
　　二、《西厢记》…………………………………………… 174
第四节　历数前贤事如烟 ……………………………………… 174
第五节　结　语 ………………………………………………… 175

后　记 ………………………………………………………… 178

第一章　黛玉之美

让我们从一首歌曲开始：
（宝）天上掉下个林妹妹
　　　似一朵轻云刚出岫
（黛）只道他腹内草莽人轻浮
　　　却原来骨格清奇非俗流
（宝）娴静犹如花照水
　　　行动好比风扶柳
（黛）眉梢眼角藏秀气
　　　声音笑貌露温柔

这是越剧《红楼梦》的唱段，演唱者是徐玉兰和王文娟。王文娟是著名演员孙道临的夫人。她和徐玉兰为了能演好这出戏，把《红楼梦》里宝玉和黛玉所有的对话都背了下来。

1958年越剧《红楼梦》公演，1962年越剧《红楼梦》搬上了银幕，其间波折不断，直到1978年全国公映。之后四年间，票房收入两亿元，而当时是两毛钱一张票。人家是不带水分的两个亿！

下面我们来赏析这段唱词："天上掉下个林妹妹……"

"天上"二字用得好，第一是照应了"木石前盟"的传说，仙子下凡，有神奇迷幻的效果；第二是突出了黛玉与凡夫俗子相比，有着天上人间不可同日而语的巨大差异。

这句话含有两种意味：一惊一喜。

一惊：一个"掉"字，写出了事情来得突然，观其形象气质大大超过预期；

一喜：在枯燥乏味的生活中，在仕途的浊气中，突然来了个绝尘脱俗的林妹妹，实在是大喜过望。

这两种意味可概括为：

一惊：惊为天人（此女只应天上有）；

一喜：喜出望外（漫卷诗书喜欲狂）。

天上掉下个林妹妹让宝玉又惊又喜，这是宝玉眼里的林妹妹，也是曹雪芹心中的林妹妹，更是亿万读者心中不可侵犯的林妹妹。

林妹妹到底有多美？

咱们先八卦一下古代四大美女。古人用"沉鱼落雁之容、闭月羞花之貌"作为女性美貌的最高评价。其实"沉鱼""落雁""闭月""羞花"各有所属：沉鱼——西施、落雁——昭君、闭月——貂蝉、羞花——玉环。

四大美女中西施年龄最大，是春秋时期越国诸暨人，诸暨就是现在的绍兴。传说西施在水边浣纱，鱼儿见到她的影子之后，都悄悄地潜入水底游走了。邻居看了之后就把这事传了出去，后来就有了"沉鱼"来形容西施的佳话。

"落雁"是说汉代的王昭君。昭君出塞，大漠穷秋，大雁盘旋在迎亲队伍上空，看到昭君花容月貌，自愧不如，"哐——"一个俯冲，扑到岩石上撞死了。

"闭月"是讲东汉貂蝉的故事。相传貂蝉在拜月的时候，恰好有一朵云彩飘过，彩云遮月嘛。她的养父司徒王允为了宣扬貂蝉之美，逢人就说，哎呀，我们家姑娘在拜月的时候，月亮都羞得遮上了一层薄纱，堪称"闭月"，之后就流传开了。补充一句，貂蝉是司徒王允养的一个艺妓。

"羞花"是说杨玉环的。"杨家有女初长成，养在深闺人未识。"杨玉环一天在园中赏花，她用手去触摸花朵，花瓣就卷起来了，于是身边一个丫鬟就跟人宣传说，杨玉环美得能让花朵都害羞呐。花虽有媲美之心，惜无转基因之能，我猜她碰触的一定是含羞草。

我们可以看到，这些传说都是后人编纂的，并作为一种文化流传下来。这里的一些词汇来形容美女之美，都是用了衬托和夸张手法。先渲染游鱼、飞雁、明月、鲜花之美，再用这些最美的事物来衬托女主角的美。

古人形容美女，最会取巧。有谁能说得出四大美女到底长什么样呢？轻轻巧巧几句描述，即便你扒开字缝往里瞧，也要恨自己无千里眼、透视镜了。

其实古人称赞美女的词汇很丰富，例如：

国色天香、貌若天仙、环肥燕瘦、窈窕淑女、秀丽端庄、艳若桃李、花枝招展、温柔可人、活泼可爱、亭亭玉立、如花似玉、软玉温香、兰质蕙心、秀外慧中、楚楚动人、明眸皓齿、天生丽质……

文人作诗也大多是虚虚实实、躲躲闪闪、扭扭捏捏，唯恐沾了"色"字的边被人诟病。这也难为了诗人，刻画美人又能不着痕迹，让人感受到美又不让人看见美，这非要有柳下惠的襟怀、司马相如的文笔不可。

略举几例供大家学习：

（1）绝代有佳人，幽居在空谷。（杜甫《佳人》）

（2）北方有佳人，绝世而独立，一顾倾人城，再顾倾人国。（李延年诗）

两首诗脍炙人口，千古传诵，于是便有了"绝代佳人"和"倾城倾国"两个成语，这是上等好诗，吃尽了蚌肉又咬出一颗珍珠来。那次等的诗就不行了，读时摇头晃脑，读完意味了了，好比嚼口香糖，嚼尽了汁水却找不到地方吐掉那团胶泥。

（3）东家有子，增一分则太长，减一分则太短，著粉则太白，施朱则太赤。（宋玉《登徒子好色赋》）

宋玉是屈原的徒弟，却完全不见屈子情怀，倒是他的这篇《登徒子好色赋》大有可瞻仰之处。不知各位发现没有，这几句的妙处是摆脱了客观描写，完全从个人感受出发。所以嘛，民间俗语说"情人眼里出西施"，现在年轻人总结说，"美，是一种感觉。"

再看，还是民间歌曲来得实在大方，《诗经·卫风·硕人》里描写美女"手如柔荑，肤如凝脂，领如蝤蛴，齿如瓠犀，螓首蛾眉。巧笑倩兮，美目盼兮。"

柔：嫩。荑（tí）：初生的白茅草的嫩芽。领：脖颈。蝤蛴（qíuqí）天牛的幼虫。瓠犀（hùxī）：葫芦子。螓（qín）：虫名，蝉的一种。这几句大意是：手像初生的茅草幼芽一样白嫩，皮肤像凝结后的动物脂肪一样光洁滋润，脖子像天牛的幼虫一样又长又白，牙齿像葫芦子一样洁白整齐，额头像蝉额一样宽广方正，双眉像蚕蛾的眉毛一样细长弯曲。

这首诗赞美的是齐庄公的女儿、卫庄公的夫人庄姜，具体可感，形象生动，是古代美女的经典形象。其观察角度完全是大众化的，给人以纯美的享受。孔子云："诗三百，一言以蔽之，思无邪。"而后代"花间派"词人则违背了圣人初心，同是写美人肌肤，韦庄"垆边人似月，皓腕凝霜雪"则显得暧昧猥琐，因为他完全是从个人的感官刺激角度进行描写的，写的是少妇打酒时小臂上扬，宽大的袖口垂落时露出了白皙的皮肤。所以美学中素有"心正为美"的论断。

感情朦胧之间已经产生，或者说天生命定，一看就是当年那个他。看着眼熟，当年不是有"木石前盟"吗！所以认定是故人，至少可以说一见如故。这种情感当然要自然而然流露出来，可是也不能被人发现。这种含情是不可以被人发现的，必须时时刻刻提醒自己掩藏起来。

还有一点，"含情"二字奠定了整篇作品的基调，而且这"情"是宝玉发现的，别人眼中只有病弱，宝玉却独具慧眼看到"情"。对，是在宝玉的眼中。所以下边再写宝玉所见，不着一字，却处处不离"情"字："态生两靥之愁"。"态"者，样貌也，如"憨态可掬"。"靥"者，酒窝也。这地方紧绷绷的，展不开，带着苦相，其实是借代面部，写的是面容上有着愁苦和凄楚。"娇袭一身之病"，那娇美的姿态缘于她有不足之症。身体虚弱，弱不禁风，摇摇欲倾，这更加令人怜悯、同情，令人不自觉地想去扶持她。"泪光点点"，因为刚刚见贾母时说起母亲的时候哭过，所以"梨花一枝春带雨"，若说《长恨歌》里杨玉环"玉容寂寞泪阑干"令人同情，那么丧亲别家的黛玉脸上带着泪痕，那就更加叫人心疼。"娇喘微微"，这时候虽然并未坐在一处，却能感觉到她的气息，好像有气息扑在他的脸上。有个词叫"气若幽兰"，大概就是形容这种幽幽而来的气息的。如此细微，只有分外用心才能感知到，可见宝玉之多情。

"娴静时如姣花照水"，姣花照水，什么意思？比如这里摆个水盆，半盆清水，你执一枝花试试看，鲜花在水盆里的倒影叫姣花照水。花照在水里的影子，那是什么样子？是所有的细节都被过滤掉了，那里面闪烁动荡的、看起来又很微妙的迷离状态，"行动处似弱柳扶风"，弱柳扶风是柳丝扶着风，风托着柳，形容她的姿态和步态，像柳丝那样纤弱，又那样的婀娜。

下面两句有总评的意味了："心较比干多一窍"，比干已经七窍玲珑心了，比任何人都多个心眼。黛玉呢？是八个心眼，比一般人多俩心眼。"病如西子胜三分"，西子，前边咱们说过了，病西施。因为她有胃病，所以总是抱着胸口皱着眉头走路，东施也觉得挺好玩的，看人家都喜欢西施，自己也仿照西施姿势，于是有"东施效颦"这个成语。西施之美是因为胃病，所以皱眉走路的样子楚楚可怜。在这里病如西子胜三分。西子已经是最美的了，她比西子还美，是夸张手法。这一段用铺排夸张描写，把宝玉眼中的一个黛玉刻画得淋漓尽致，栩栩如生。

关于黛玉的病态，世人多有訾议，但我以为，这恰是黛玉独特之美。沈新林先生认为，林黛玉的这种"病态"元素不仅形成了她外在的病态美，还构成了她心灵的病态美。沈先生说："黛玉的美与病是相互关连、密不可分的整体。没有病就没有黛玉，更没有她的美。哭是她的天性，颦是她的嗜好，这都是病态，是美的组成部分。"

曹雪芹为什么要塑造林黛玉的病态美，评论者们多从两个方面切入分析。

第一，从《红楼梦》写作的整体结构上讲，林黛玉的病态美可以增加悲剧氛围。例如黄锦秋先生说："林黛玉的病态人格其深远的文化历史根源和现实意义，加强了人物的真实生动和永恒的悲剧美，增加了宝黛爱情曲折跌宕的艺术魅力，更突出了《红楼梦》的悲剧氛围。"而悲剧氛围给予读者的震撼，既痛彻心扉，又恒久弥漫。所谓"最美的诗歌是最绝望的诗歌，有些不朽的诗篇是纯粹的眼泪"（法国·缪塞）。

第二，从人物塑造上看，病态美使林黛玉这个形象更为闪耀。换句话说，林黛玉能在古代小说人物中光彩夺目，风流千古，病态美这一元素起到了关键性的作用。例如沈新林先生说："美的本质就是事物的典型性，就是事物的个别性显著地表现着它的本质规律。写出人物形象的病态美，能表现生活中的真人，加强典型的客观性，又突破了传统的写作方法，有助于表现悲剧的崇高美。"

大家发现没有，我喜欢读骨灰级大师的评论，读大师的文章，有摩顶受戒醍醐灌顶的感觉。

关于服饰，作者在刻画其他人物时，往往对其服饰进行大段描写，尤其是对王熙凤和贾宝玉，采用了铺排渲染的手法，凸显其贵夫人或公子哥的形象，而写黛玉时则不见一缕衣饰。有人问，作者为什么不写黛玉的服饰呢？

老舍先生说得好，"真正美丽的人，是绝不多施脂粉，不乱穿衣服的。"

脂砚斋评："不写衣裙装饰，正是宝玉眼中不屑之物，故不曾看见。"

林黛玉的"与众各别"，其最生动最典型的是她的气韵神情："罥烟眉"，清、淡、秀；"含情目"，愁、娇、泪；虽怯弱不胜，却有自然的风流态度。她淡而不俗，清丽高雅。在她的身上，处处闪耀着中国传统文化的气质神韵。她有一种书卷气、灵秀气、孤傲气，而没有那种贵族女子的珠光宝气。所以这里无须对她的服饰进行笔墨渲染。

林黛玉就是这样一个独特的形象，她的美，不同于任何一个中国古典美女。她不是西施，不是王昭君，不是貂蝉，不是杨贵妃，她是一个非常个性化的形象，是宝玉眼中的黛玉。

说的是宝玉眼中的黛玉，其实是曹公眼中的黛玉！

很多人都认同央视八七版电视连续剧《红楼梦》当中黛玉的形象。读过《红楼梦》原著的人，一看到这形象，就觉得对。就是这样子，黛玉就应该这样。演员选得特别好。这演员叫陈晓旭。陈晓旭这一生只演过两部电视剧，第一部演的就是《红楼梦》，第二部饰演《家春秋》中的梅表姐，没有摆脱黛玉的影子。后来就做买卖经商，四十多岁的时候去世了。陈晓旭自己也说过，我就是为林黛玉而生的。而我们广大的观众也是这样认为的，陈晓旭就是把自己与林黛玉合为一体了。

林黛玉属于那种绝少烟尘气的脱俗孤高的美人。

自尊、敏感、多情，再加上才华冠绝，黛玉于是就成了一种标志：美得稀薄，美得不真实，美得有距离，美得意犹未尽，美得如镜花水月。这种美是让人欣赏和品味的，可远观而不可亵玩焉。

有人这样表述黛玉之美：

"弱柳扶风"的身姿就显得脱俗飘逸；

"风露清愁"的眉目就显得崇高深刻；

"灵淑之气"能使人的灵魂清爽净化。

黛玉的美是一种艺术，黛玉的美让人心里会有一种感觉——疼。

黛玉之美，我见犹怜。

曹雪芹把我们民族的审美积淀进行了新的熔铸和创造，他把杨贵妃式的丰美赋予了薛宝钗，而把更富有魅力的西施式的清瘦之美给了林黛玉，使林黛玉的形象具有绝世的姿容；作者有意将林黛玉的外貌与西施联系起来，并将西施"捧心而颦"、袅娜风流的外形之美赋予林黛玉，塑造了一个惹人爱怜的娇弱女子形象。林黛玉绝世的姿容，在第二十六回里再次体现。她被晴雯误挡在怡红院大门外时，又见薛宝钗被宝玉送出而误会，不禁望空洒泪："原来这林黛玉秉绝代姿容，具希世俊美，不期这一哭，那附近柳枝花朵上的宿鸟栖鸦一闻此声，俱忒楞楞飞起远避，不忍再听。"

这里不是作者太夸张，而是作者满怀爱怜之情。

可见曹公的偏心眼。

第二章　黛玉的性情

对黛玉的性情有共识，也有分歧，为后文讨论计，我们需要条分缕析，昭示于前。

伏尔泰说："我不同意你的说法，但我誓死捍卫你说话的权利"。品头论足是读者的权利，现在就给你机会，请你给黛玉挑挑毛病。

……

"天上掉下个林妹妹"，既然是天上掉下来的，那就是被神化了的，理想化了的，按理应该没有一点瑕疵，白璧无瑕。然而林黛玉的性情，在作品当中是被大多数人不认同的。

诸如：体弱多病、说话尖刻、清高孤僻、心高气傲、敏感多疑……

第一节　曹雪芹不厚道：以宝钗之长比黛玉之短

我发现曹雪芹也不厚道，因为他总是把黛玉和薛宝钗比较着写，以宝钗之长比黛玉之短：

> 不想如今忽然来了一个薛宝钗，年纪虽大不多，然品格端方，容貌丰美，人多谓黛玉所不及。那宝钗却又行为豁达，随分从时，不比黛玉孤高自许，目无下尘，故深得下人之心。就是小丫头们，亦多和宝钗亲近。因此，黛玉心中便有些不忿。宝钗却是浑然不觉。（第五回　《贾宝玉神游太虚境　警幻仙曲演红楼梦》）

大多数人都拿钗黛相比较，仿佛不褒一个贬一个就不会说话。经对比，更我们来回顾一下相关情节：

（1）奚落送手炉的雪雁。出自第八回，贾宝玉去往薛宝钗的房里，看望正在生病中的宝姐姐。正值此时，林黛玉到来：

  黛玉磕着瓜子儿，只抿着嘴笑。可巧黛玉的小丫鬟雪雁走来与黛玉送小手炉，黛玉因含笑问他：谁叫你送来的？难为他费心，哪里就冷死了我！雪雁道：紫鹃姐姐怕姑娘冷，使我送来的。黛玉一面接了，抱在怀中，笑道：也亏你倒听他的话。我平日和你说的，全当耳旁风，怎么他说了你就依，比圣旨还快些！宝玉听这话，知是黛玉借此奚落他，也无回复之词，只嘻嘻的笑两阵罢了。宝钗素知黛玉是如此惯了的，也不去睬他。

（2）不要薛姨妈分剩的堆纱花：

  薛姨妈乘便吩咐香菱拿来十二枝纱堆宫花，并对周瑞家的道：你家的三位姑娘每人一对。剩下的六枝，送林姑娘两枝，那四枝给了凤哥罢。

  周瑞家的来找黛玉，他正在宝玉房中"大家解九连环玩"。宝玉听见送花，便先问："什么花儿，拿来给我。"一面早伸手接过来了。黛玉只就宝玉手中看了一看，便问道："这，是单送我一人的，还是别的姑娘们都有呢？"当周瑞家的回答了之后，他便冷笑道："我就知道，别人不挑剩下的也不给我。"周瑞家的听了，一声儿不言语。

（3）气愤别人把她与戏子相提并论：

  凤姐笑道："这个孩子（龄官）扮上活像一个人，你们再看不出来。"宝钗心里也知道，便只一笑不肯说。宝玉也猜着了，亦不敢说。史湘云接着笑道："倒像林姐姐的模样儿。"宝玉听了，忙把湘云瞅了一眼，使个眼色。众人却都听了这话，留神细看，都笑起来了，说果然不错。一时散了。

宝钗不肯说，宝玉不敢说，只有这史湘云，说话不过脑子，拿起来就说。

  宝玉随进来问道："凡事都有个原故，说出来，人也不委曲。好好的就恼了，终是什么原故起的？"林黛玉冷笑道："问的我倒好，我也不知为什么原故。我原是给你们取笑的，——拿我比戏子取笑。"宝玉道："我并没有比你，我并没笑，为什么恼我呢？"黛玉道："你还要比？你还要笑？你不比不笑，比人比了笑了的还利害呢！"宝玉听说，无可分辩，不则一声。

寄人篱下的处境，使黛玉变得非常的敏感。例如周瑞家的送宫花，最后一个送到她那里，她便疑心是别人挑剩下的才给她。特别是二十六回《蜂腰桥设言传心事　潇湘馆春困发幽情》：一天夜晚，她叫怡红院的门，晴雯偏偏没听出是她的声音，拒不开门，并说"二爷吩咐的，一概不许放人进来呢！"把个黛玉气得怔在门外，欲要发作，又想："虽说是舅母家，如同自己家一样，到底是客边。如今父母双亡，无依无靠，现在他家依栖，若是认真怄气，也觉没趣。"正在伤心垂泪之时，又听见宝玉宝钗的笑语声，越发动了气。

还有八十三回《省宫闱贾元妃染恙　闹闺阃薛宝钗吞声》：一日她卧病在床，听到园子里的老婆子骂人——实则是骂她的外孙女儿——黛玉却认为是在骂自己，竟然气得昏厥过去。别人开一句玩笑，她认为是对自己的轻侮。她确是个"小性儿"，甚至有些"病态"。但是，我们想到她的身世处境，想到她极强的自尊心，不是觉得这是非常自然的吗？

第二节　我以我眼看黛玉

莎士比亚说的，There are a thousand Hamlets in a thousand people's eyes. 即一千个观众眼中就有一千个哈姆雷特。我们也同样可以说，一千个人眼中就有一千个林黛玉。

有一个典故，说的是几位学者讨论宝钗和黛玉谁更可爱。多数学者都喜欢黛玉，有一位老先生执着地喜欢宝钗，可是又辩不过其他几位，急得直跺脚。晚上做了一个梦，仿佛被醍醐灌顶，忽然开悟。第二天他急着跟几位对手们说，"我知道你们为什么喜欢林黛玉了，因为你们个个都是贾宝玉。"

一、乖巧伶俐

法国小说家莫泊桑说，"聪明和美貌是女人最宝贵的财富。"林妹妹的美丽自是人神共妒，就其聪明而言，绝对是超世绝伦。我们先开个智慧辞藻专柜，你来选一选。

天资聪慧，蕙质兰心，冰雪聪明，绝顶聪明，慧心巧思，慧心妙舌，锦心绣肠，锦心绣口，七窍玲珑，七行俱下，颖悟绝伦，足智多谋，聪明睿智，秀外慧中，辨日炎凉，妍皮不裹痴骨，土木难掩风流……

我以为，世间用来形容聪明的美誉全都堆在黛玉身上都不为过。这种聪慧，有很大的成分体现在黛玉的乖巧伶俐上。

且看第四十二回《蘅芜君兰言解疑癖　潇湘子雅谑补余音》：

黛玉又看了一回单子，笑着拉探春悄悄的道："你瞧瞧，画个画儿又要这些水缸箱子来了。想必他糊涂了，把他的嫁妆单子也写上了。"探春"嗳"了一声，笑个不住，说道："宝姐姐，你还不拧他的嘴？你问问他编排你的话。"宝钗笑道："不用问，狗嘴里还有象牙不成！"一面说，一面走上来，把黛玉按在炕上，便要拧他的脸。黛玉笑着忙央告："好姐姐，饶了我罢！颦儿年纪小，只知说，不知道轻重，作姐姐的教导我。姐姐不饶我，还求谁去？"

众人不知话内有因，都笑道："说的好可怜见的，连我们也软了，饶了他罢。"宝钗原是和他顽，忽听他又拉扯前番说她胡看杂书的话，便不好再和他厮闹，放起他来。黛玉笑道："到底是姐姐，要是我，再不饶人的。"宝钗笑指他道："怪不得老太太疼你，众人爱你伶俐，今儿我也怪疼你的了。过来，我替你把头发拢一拢。"黛玉果然转过身来，宝钗用手拢上去。

只是林黛玉的乖巧伶俐是有条件的，是她的心被软化的时候。有人总是怀疑如果真的宝玉娶了黛玉，怎能受得了黛玉的小性儿多疑，常言道，物不平则鸣。林黛玉不是糊涂的人，像赵姨娘那样是非不分；也不是骄矜的人，像夏金桂那样蛮横无理。她的愤怒她的刻薄都是有的放矢的，不是无缘无故发脾气。她对于那些或恶毒或无理的有损于自己尊严的行为才会有桀骜锋利的反击。例如王熙凤拿戏子比林黛玉，这些行为本身都很伤人，放你头上你也不会傻笑了事。

黛玉经常气恼伤神、流泪的状况，几乎都是因为贾宝玉而起。这个从先天因果来说，林黛玉来到人间就是为了践行还泪的诺言。从故事情节人物形象来说，恋爱中的女生都是敏感的，情绪容易波动的。你们说是不是？反正我看书上是这么写的。

其实我们可以想象，当黛玉被宝玉的温情和爱情包裹着的时候，当幸福和甜蜜洋溢在黛玉周围，黛玉一定是乖巧伶俐的。相反，一向被称为乖巧伶俐的宝钗在和黛玉争夺贾府宝二奶奶地位时，在对待金钏之死时，不也是很冷漠甚至冷酷的吗？我们也学曹翁，不厚道地拿宝钗和黛玉比比。

在我们自以为读懂了林黛玉的时候，其实常常"只为浮云遮望眼"，"不识庐山真面目"。看一个人不能只看一时一事，要全面地发展地联系地看问题。曹翁笔下的黛玉是丰满的、深刻的，蕴含了作者无数的秘密，解读林黛玉形象，虽不需要火眼金睛，但真不可满足于肉眼凡胎，至少不要牛眼看世界。

二、刁钻俏皮

为什么我认为"刁钻俏皮"是黛玉的美德？这基于我对"有趣"和"无趣"的理解。

"鬼才"贾平凹说："人可以无知，但不可以无趣。"

一个有趣的人，是生活中的"开心果"，是人群中的"快乐源"，与有趣的人相处，你会觉得世界变得有趣，生活变得有趣，自己似乎也变得有趣起来。由于他或她的存在，而使周围的人群变得热闹起来，他或她的"气场"催化着人生的精义，叫人奋发，让人快乐。有趣的人热爱生活，充满好奇心，充满求知欲，愿意与外界接触。生活中往往有一点爱好，爱之成癖，就趣味十足了。比如王羲之爱鹅、米芾爱石，传为佳话。清人张潮说："花不可以无蝶，山不可以无泉，石不可以无苔，水不可以无藻，乔木不可以无藤萝，人不可以无癖。"

无趣的人则相反，行事古板，不会聊天，了然无趣。其表现为：

一是迟钝。对周遭环境变化反应的敏感度差。我认识的一个孩子就这样，经常是在医院打完针，抱回家了才知道疼。

二是封闭。一辈子只和自己熟悉的人交往，极少参加有陌生人的聚会，恐惧外部世界，恐惧新鲜事物。

三是保守。去外面吃饭的时候，永远只点自己吃过的菜，味蕾的记忆总会停留在有限的几道菜上，跟我家的猫一样，换了猫粮就不吃。

四是固执。一条道走到黑，不知变通，视一己之见如老命，争执起来特别认真，往往额头发亮，犹如斗鸡头上的冠子。

五是功利。凡事都以"有用""无用"来衡量，有用则取，无用则弃。功利者往往目光是短浅的，并不一定真的知道什么有用无用。试想，一个人一旦夫人、王夫人跟着周姨娘并丫鬟媳妇等人都去看望宝玉，阗阗声势，殷殷关怀，切切抚慰，不由勾起了黛玉的绵绵愁绪。想到了自己父母不在，孤悬异乡，寄人篱下，心里暗暗羡慕有父母的孩子。回到潇湘馆中，看见了满地竹影参差，苔痕浓淡，不觉又想起《西厢记》中所云"幽僻处可有人行，点苍苔白露泠泠"二句来，因暗暗地叹道："双文，双文，诚为命薄人矣。然你虽命薄，尚有孀母弱弟，今日林黛玉之命薄，一并连孀母弱弟俱无。古人云'佳人命薄'，然我又非佳人，何命薄胜于双文哉！"其情也堪怜，其声也惨淡。

顺便回答大家一个小疑问：林黛玉看的是《西厢记》，人物是崔莺莺，为什么叹道"双文，双文，诚为命薄人矣"？原来"双文"是元稹生命里的"崔莺莺"。史载：元稹寓居蒲州时，与其母系远亲崔姓之少女名"双文"者相恋。张生就是元稹的化名，莺莺是"双文"的化名。元稹写过艳诗《赠双文》："艳时翻含态，怜多转自娇。有时还自笑，闲坐更无聊。晓月行看堕，春酥见欲销。何因肯垂手？不敢望回腰。"所以林黛玉把崔莺莺称作"双文"，说明黛玉是看过《莺莺传》并了解元稹那段情缘的。

第三十四回中，宝玉叫晴雯假装去送黛玉两个手帕，打探一下黛玉的消息。黛玉收到手帕后，心念宝玉知己，不由暗暗垂泪，遂掌灯挥毫，在手帕上写下《题帕三绝》：

其一

眼空蓄泪泪空垂，暗洒闲抛却为谁？
尺幅鲛绡劳解赠，叫人焉得不伤悲！

其二

抛珠滚玉只偷潸，镇日无心镇日闲，
枕上袖边难拂拭，任他点点与斑斑。

其三

彩线难收面上珠，湘江旧迹已模糊，
窗前亦有千竿竹，不识香痕渍也无？

三首小诗，沾满泪水。说黛玉善感，是因为宝玉一帕定情，如何能不感动？陆游之"鲛绡透"与湘妃之"斑竹泪"，挚情真爱，皆化作黛玉之"泪偷潸"。

黛玉为何如此多愁善感，作者解释说是因为"绛珠仙草""受天地之精华，复得甘露滋养，遂脱了草木之胎，换得人形"，为报答神瑛侍者灌溉之恩而转世。

后人分析认为，黛玉多愁善感的性格主要是环境身世造成的。

一是身体柔弱，常年吃药，于是常有"他年葬侬知是谁"的疑问，可见对人生之短暂、人世之无常，早有思考，"寄蜉蝣于天地，渺沧海之一粟，哀吾生之须臾，羡长江之无穷"。

二是林黛玉她幼而失母，继而丧父，因此，尽管贾母等万般怜爱，饮食起居都同宝玉一样，比迎春姊妹还高上一等，但总是寄居别家。自尊自爱的黛玉寄人篱下的感觉时时困扰，抑郁难遣，不像史湘云没心没肺，吃饱了就睡。

三是黛玉一直在比较宽松的环境中成长，追求自由和解放，个性相对较强，然而，生活在贾府这个封建大家庭中，世态炎凉，她又不得不压抑自己的个性，所以黛玉的多愁绝不是辛弃疾说的"闲愁最苦"，实在是韩愈所说"物不得其平则鸣"。

四是因为黛玉的清醒。她身在贾府，观察到大家族的腐朽没落，动荡浮沉，清醒地认识到"繁华落尽终成空"的历史轮回宿命。第六十二回引文：宝玉道："你不知道呢。你病着时，他干了好几件事。这园子也分了人管，如今多掐一草也不能了。……"黛玉道："要这样才好，咱们家里也太费了。我虽不管事，心里每常闲了，替你们一算计，出的多，进的少，如今若不省俭，必致后手不接。"探春说的"咱们倒是一家子亲骨肉呢，一个个不像乌眼鸡？恨不得你吃了我，我吃了你！"黛玉一样有清醒的认识，只因她是局外人，所以冷眼旁观，不发一语，却全部内化为悲观主义，发之于笔端，形之于多愁善感。

"何处合成愁？离人心上秋。纵芭蕉，不雨也飕飕。""这次第，怎一个愁字了得。"世间有几人能做到"不以物喜，不以己悲"呢。

所以我理解，非是黛玉生性多愁，实是黛玉愁多难遣。

多愁才得诗心，善感始能方物。我想，多愁善感应该是诗人的基本品质。

四、率性真诚

归根结底，黛玉是个性情中人。对于志趣相投的人，黛玉是真诚而又尊重的。在贾府中真正与黛玉相依为命的是丫头紫鹃，她们的关系与其说是主仆，不如说是姐妹、知己，她们已经超越了等级分明的尊卑界限。第三十回中，黛玉赌气剪了宝玉挂玉的穗子，并使性子不理他，便有了这样一段描写：

> 紫鹃也看出了八九分，便劝道："若论前日之事，竟是姑娘太浮躁了些。别人不知宝玉那脾气，难道咱们也不知道的。为那玉也不是闹了一遭两遭了。"黛玉啐道："你倒来替人派我的不是。我怎么浮躁了？"紫鹃笑道："好好的，为什么又剪了那穗子？岂不是宝玉只有三分不是，姑娘倒有七分不是。我看他素日在姑娘身上就好，皆因姑娘小性儿，常要歪派他，才这么样。"

在这段对话中，没有主子的威严和奴才的卑躬，只有姐妹般真诚的规劝与耍赖的辩白。她们这种惺惺相惜的主仆关系，在古代社会中是很特殊的、少见的，却恰恰体现了黛玉的真诚和对他人人格的尊重。

在"香菱学诗"中我们看到的是一位学识渊博、热情大方、具有诗人气质的好老师。

当香菱求教于她时，她不像宝钗那样囿于礼节规矩而推托，反而饶有兴致地承担起老师的责任。她鼓励香菱树立信心：学诗是"什么难事？""你又是一个极聪敏伶俐的人，不用一年的工夫，不愁不是诗翁了！"在香菱面前你看不到黛玉的一点虚饰矫情，反而一派天真。她对香菱说："既要作诗，你就拜我作师。我虽不通，大略也还教得起你。"乐为人师，当仁不让，主动、率真、自信，溢于言表。这一点很像汉代好为人师的班昭。在这里，我们仿佛看到了一个真正的黛玉，一个被纷繁芜杂的表象掩盖了的黛玉。

率性真诚，是黛玉性格里最突出的一点。所谓"刀子嘴豆腐心"指的是内心的善良。率真的灵魂总是善良的，善良与率真的结合具有强大的人格魅力。所以吴宗惠先生说："林黛玉的性格是丰富的，她的主要性格特征——纯真，恰像一条红线贯穿在她性格的诸多方面，达到了真善美的完美结合。"很多评论者都不否认林黛玉是一个有性格缺陷的女子，但又都肯定她性格中的真。贺信民先生说："林黛玉的'真'，虽然并不是处处都指向着'善'（如对刘姥姥的刻薄），然而却无一不深通于'美'。她的真性情、真人格，像一泓秋水，澄澈明净，一无尘杂。"

五、孤高傲世

自古文人多傲世,从来文章属第一。文人的傲从某种程度上来源于民族心理的暗示和趋向。傲被视为名士气质,文人精魂。

古代咏物诗特别能体现诗人性情,比如苏轼的咏红梅诗白梅诗系列、骆宾王的《在狱咏蝉》、黄巢的《菊花》、毛泽东的《咏蛙》等。红楼梦第三十八回林黛玉亦借《问菊》抒傲曰:

欲讯秋情众莫知,喃喃负手叩东篱;
孤标傲世偕谁隐?一样开花为底迟?

大意是:你孤标傲世,遗世独立,到底是想偕谁一同归隐?同样开花,百花都在美好的春天里开放,独你为何迟迟到秋天才开呢?

林黛玉此在问菊,实等于在问自己。不甘苟合流俗,以高风亮节自守,却不知谁能与共。花季已过,迟迟不开,盼的等的又是什么?是叹人海知音的难求,也是在写有才者和理想主义者,不为世俗所理解、不为明主所知的孤冷与寂寞。

孤,是林黛玉的外在形态。家庭的接连变故,使她不堪悲伤,弟夭母死父丧,像一波波凶恶的浪涛拍打着她纤弱的身体和脆弱的心灵。虽然孑然一身,但她并不刻意去寻求志同道合的人来排遣寂寞,只把一切都压在宝玉身上。可是宝玉又不能唯两人的感情为务,林黛玉只能独品那份孤独。

傲气其实是文人的中气。黛玉的傲,主要表现在她诗才的展示上,总想超过她人的心性在作诗中得到极大的满足。可以说只有作诗时,林黛玉才表现出别人难以企及的优势,才堪咏絮,艺压群芳。"天与孤高超世俗,肯将剩馥乞蜂臣。"(宋陈棣《次韵梅花》)

六、崇尚自由

"不自由,毋宁死。"这是法国大革命时《马赛曲》的最后一句,源于苏格兰裔美国人巴德里克·亨利一七七五年三月二十三日于殖民地维吉尼亚议会演讲中的最后一句:Give me liberty or give me death. 中国人对自由的追求更多的是追求精神上的独立与自由，比如《庄子钓于濮水》中，庄子"宁可曳尾于涂中"，也绝不做金龟"藏于庙堂之上"。林黛玉崇尚自由，追求自由，这对封建社会倡导三从四德背景下的女性来说，无疑是一种叛逆，很难为世人所容。也正因此，黛玉的叛逆精神是可贵的，黛玉的形象也具有了非同一般的意义。

黛玉对自由的崇尚和追求主要表现在两个方面：一是反对封建礼教，追求自由恋爱和自主婚姻；二是否定世俗观念，追求人格尊严和精神独立。

第一个方面：与《红楼梦》之前的才子佳人小说所表现的青年男女一见钟情式的爱情不同，宝黛在爱情萌发之前，曾经历着一段青梅竹马、两小无猜的童年友情生活，这种生活培育了他们共同一致的性格、理想及审美趣味。因此他们的爱情是建立在民主自由基础上的，因此，当他们置身于大观园这种如诗似画的环境中，办诗社、开夜宴、读书论文、说古道今、才力比拼、灵感碰撞，直到共读《西厢》，张生和莺莺对爱情的执着追求，从个性的吸引到爱情的萌动，从关心体贴到情定今生，宝黛的爱情无一不昭示着自由的精神。

在对待爱情问题上，宝钗深知这婚姻大事是父母说了算，故始终掩饰自己的爱；而黛玉相反，她把对宝玉的爱体现得明白，经常为金锁金麒麟之类和宝玉使小性子，宝玉虽被黛玉的小性子弄得天天赔不是，日日对着林妹妹作揖赔礼，可心里明白林妹妹的心思。呵呵，可见爱情不只是让女子意乱情迷，也让男人迷失自我。

如第三十四回：（贾宝玉挨打以后，林黛玉去探望）……半日，（林黛玉）方抽抽噎噎的说道："你从此可都改了罢！"宝玉听说，便长叹一声，道："你放心，别说这样话。就便为这些人死了，也是情愿的！"

"你从此可都改了罢！"这句话的意思是很明确的。林黛玉对贾宝玉和蒋玉菡交往以及和丫头调情是持反对态度的。在"改了罢！"前面加一个"都"字，可能有劝贾宝玉改变对仕途态度的意思。林黛玉之所以一改常态，说了"混账话"，当然是出于对贾宝玉的爱，心疼宝玉，怕把宝玉打坏了。

综观《红楼梦》全书，黛玉本是为爱而来，也是为爱而去的。有人用"殉情说"解释黛玉之死，而我以为，黛玉所殉的并非是情，而是自由，她所抗争的其实是那个千百年来禁锢人性的世俗观念以及婚姻制度。在这种"一年三百六十日，风刀霜剑严相逼"的凡尘俗世中，她所需要的根本不是那些所谓的"郎才女貌"的爱情，而是在这个茫茫尘世中可以偕隐的知己。

第二个方面，黛玉对人格尊严和精神独立的追求贯穿始终。

首先，宝玉是众人眼中的叛逆典范，其实他还有一个红颜知己，和他一样的叛逆，那就是黛玉，从某种角度看来，宝玉的叛逆行为可放在黛玉身上。比如：不爱读四书五经之类，反去研读所谓禁书等。

其次，黛玉最大的特点就是：由着自己的性情生活。这点文中体现很多，比如黛玉的闺房布置，翠竹流水，大把的毛笔、大堆的书，燕子筑窝就在自己屋内，一派自然和谐、清闲自在的高士风范。相比而言，宝钗的陈设只一字，那便是素。宝钗拼命压抑自己，本是个眼波流动的花季少女，却硬把自己扮成冰美人，这都是封建礼教改造的结果，非宝钗本性。而黛玉却全不管这些。再比如送宫花那回和看戏那回，黛玉不管你什么当差不当差，不管什么场面不场面，不高兴就说出来，就抬脚走人。

第三，黛玉才华横溢，聪明伶俐。在牙牌令那回，心直口快，竟当众把《牡丹亭》的词说了出来，其实姐妹们都是不安分的人，连宝钗这样事事都按封建礼教行事的人都读过《牡丹亭》之类的书，何况他人。但又有谁有这份勇气呢？

黛玉的诗词中集中反映了黛玉的叛逆精神。"一年三百六十日，风刀霜剑严相逼"，"偷来梨蕊三分白，借得梅花一缕魂"，"质本洁来还洁去，强于污淖陷渠沟"等，这是黛玉对无路可走的现实发出的强烈控诉和抗争。这些诗句都是黛玉那孤傲的灵魂、率真的个性所展示出来的叛逆性的体现。这些言行在周围的人看来，黛玉就是一个目无礼教、具有叛逆精神的人。

下面借用田晓鸣、黄晨二位先生的观点结束对黛玉性情的分析。他们运用现代心理学理论分析林黛玉的性格，认为林黛玉具有六对十二种突出的性格特征，这些性格特征之间彼此关联，相互照应，互为因果，构成了黛玉"既孤标傲世、尖酸刻薄、自卑自贱、脆弱怯懦、多愁善感、笃实迟钝，又谦和乐群、宽厚豁达、自尊自爱、执拗果敢、情趣高雅、睿智机敏"的多重性格结构。

第三章　黛玉的才情

林黛玉之美，还表现在她才学横溢和浓郁的诗人气质上。

听几个朋友聊天，说起黛玉的诗，便有一大堆美誉蹦了出来：咏絮之才、痴情才女、诗意才女、才美兼具、才比清照、异才仙品……

我素来不轻易夸奖人，但在黛玉身上还是不吝溢美之词的。尤其是她的诗才，我以为曹公应该是把最好的诗都给了他的颦丫头。

曹雪芹笔下的林黛玉，是一个诗化了的才女：博览群书，学识渊博。《四书》之外，且喜读角本杂剧《西厢记》《牡丹亭》以及唐传奇等；对于李白、杜甫、王维、孟浩然以及李商隐、陆游的名篇佳句，不仅熟读成诵，且有研究体会；她不仅善鼓琴，且亦识谱。曹雪芹似乎有意将历代才女如薛涛、李清照、叶琼章等的文采精华，皆融进林黛玉的才情。

黛玉的诗歌创作活动是丰富的，既有诗会盛举，也有诗友联句，更精彩的是感物伤时的情感抒发。

先说诗社。大观园结诗社先后举办了四次诗会，各有主题：①海棠社；②菊花社；③赏雪社；④桃花社。

第一次，海棠社：探春发起，李纨出题，题目是各作《咏白海棠》七律一首，限韵。地点是：秋爽斋。

第二次，菊花社：湘云主邀，宝钗出题（湘云补充），题目是《忆菊》《访菊》等十二个，各认一题或数题，七律，不限韵。地点是：蘅芜院。

第三次，赏雪社：李纨主邀并出题，题目是《即景联句》，五言排律。地点是：芦雪庵。

第四次，桃花社：因黛玉偶然作了《桃花行》七古一首而引起的，大家议定，而最终未能实行。地点是：潇湘馆。

《红楼梦》前八十回中比较集中的诗词描写，除第三十七回、三十八回、五十回海棠社的三次雅集外，还有以下十二处：

第十八回元妃省亲时，自己先题一绝句，然后命宝玉等各作一匾一诗，迎春、探春、惜春、李纨、宝钗、黛玉各自成诗一首，宝玉独作四首（其中一首为黛玉作弊代作），共十首。

第二十三回，宝玉自作四时即事诗四首。

第二十七回，黛玉作《葬花吟》诗一首。

第三十四回，黛玉在宝玉所赠旧帕上题诗三首。

第四十五回，黛玉作《秋窗风雨夕》词一首。

第四十八回，香菱学作《吟月》诗三首。

第五十一回，宝琴作新编怀古诗十首。

第六十四回，黛玉作《五美吟》诗五首。

第七十回，林黛玉重建桃花社时，自作《桃花行》一首，湘云、黛玉、宝琴、宝钗各填词一首，探春、宝玉合填一首，共六首。

第七十六回，黛玉、湘云、妙玉，共作中秋夜大观园即景联句三十五韵。

第七十八回，贾兰、贾环各作诗一首，宝玉作长歌一首。

第七十九回，宝玉为迎春将嫁而伤怀，徘徊于紫菱洲，信口吟成一诗。

第一节　大观园代笔才华初显

元妃省亲时先看到大观园，暗叹过于奢华。后来与贾母等人相遇，都哭了一场。接着见了林黛玉、薛宝钗和薛姨妈，又见了贾宝玉，然后看了匾额，她命各人选一首题诗，薛、林二人得到赞誉。宝玉独占四首，薛宝钗看见他用了"绿玉春犹卷"这一句，提醒他元妃不喜欢"绿玉"一词，叫宝玉改成了"绿蜡"。宝玉作了三首，正在冥思苦想，黛玉见他只少"杏帘在望"一首，就代他作诗，让宝玉抄。原文如下：

　　此时林黛玉未得展其抱负，自是不快。因见宝玉独作四律，大费神思，何不代他作两首，也省他些精神不到之处。想着，便也走至宝玉案旁，悄问："可都有了？"宝玉道："才有了三首，只少'杏帘在望'一首了。"黛玉道："既如此，你只抄录前三首罢。赶你写完那三首，我也替你作出这首了。"说毕，低头一想，早已吟成一律，便写在纸条上，搓成个团子，掷在他跟前。宝玉打开一看，只觉此首比自己所作的三首高过十倍，真是喜出望外，遂忙恭楷呈上。贾妃看道：

杏帘在望

杏帘招客饮，在望有山庄。
菱荇鹅儿水，桑榆燕子梁。
一畦春韭绿，十里稻花香。
盛世无饥馁，何须耕织忙。

贾妃看毕，喜之不尽，说："果然进益了！"又指"杏帘"一首为前三首之冠，遂将"浣葛山庄"改为"稻香村"。又命探春另以彩笺誊录出。

黛玉未得展其抱负，自是不快，咱们在这吐槽一句：多少文人在古代都怀才不遇，英雄无用武之地啊。"休言女子非英物，夜夜龙泉壁上鸣。"（清·秋瑾《鹧鸪天·祖国沉沦感不禁》）

黛玉代题"杏帘在望"为宝玉解围的细节，很易使人联想到李清照与赵明诚比赛作《醉花阴》的轶事。当时政局变幻莫测，朝中党争激烈，赵明诚被迫到外地做官。一对鸳鸯被活活拆散，饱尝相思之苦。一年重阳节，西风料峭，寒气渐浓，后花园里的菊花开了。李清照对丈夫百般思念，就作了一首《醉花阴》寄给了远方的赵明诚：

薄雾浓云愁永昼，瑞脑销金兽。佳节又重阳，玉枕纱厨，半夜凉初透。

东篱把酒黄昏后，有暗香盈袖。莫道不消魂，帘卷西风，人比黄花瘦。

赵明诚读罢妻子的词作，很是欣喜，同时也为词作的艺术力所激发，他蓦然生发作词跟妻子一比高低的想法。于是，他闭门谢客，三日竟然填了五十多首《醉花阴》。他把李清照的那首词掺杂在自己的五十多首词中，请好友陆德夫来欣赏评论。陆德夫看了几遍，然后说："只有三句最好。"赵明诚问他是哪三句。陆德夫回答说："莫道不消魂，帘卷西风，人比黄花瘦。"

这三句正是李清照《醉花阴》中的句子。赵明诚听后不禁又是惭愧又是暗喜，对妻子更加佩服。

正如网络作家张娴静所言：从来才女果谁俦，错玉编珠万斛舟。自言人比黄花瘦，可似黄花奈晚秋？

宝玉得元妃表扬时，怕是和赵明诚有一样的感受吧？

第二节 《咏白海棠》冠绝群钗

元妃省亲之后,宝玉和姐妹们搬入大观园。此时正值贾府鼎盛时期,大观园是贾府兴衰的晴雨表,一个极具象征意义的符号。姐妹们起诗社,为兰亭雅集之乐。第一次诗会是由探春发起,李纨出题,题目是各作《咏白海棠》七律一首,限韵。文中这段描写特别精彩,推荐大家看看。

大家看了,宝玉说探春的好。李纨终要推宝钗:"这诗有身份。"因又催黛玉。

黛玉道:"你们都有了?"说着,提笔一挥而就,掷与众人。李纨等看他写的道:

半卷湘帘半掩门,碾冰为土玉为盆。

看了这句,宝玉先喝起彩来,说:"从何处想来!"又看下面道:

偷来梨蕊三分白,借得梅花一缕魂。

众人看了,也都不禁叫好,说:"果然比别人又是一样心肠。"又看下面道:月窟仙人缝缟袂,秋闺怨女拭啼痕。娇羞默默同谁诉?倦倚西风夜已昏。

众人看了,都道:"是这首为上。"李纨道:"若论风流别致,自是这首;若论含蓄浑厚,终让蘅稿。"探春道:"这评的有理。潇湘妃子当居第二。"李纨道:"怡红公子是压尾,你服不服?"宝玉道:"我的那首原不好,这评的最公。"又笑道:"只是蘅潇二首,还要斟酌。"李纨道:"原是依我评论,不与你们相干,再有多说者必罚。"宝玉听说,只得罢了。

"提笔一挥而就,掷与众人",一挥一掷,自信满满,何其潇洒,是不是有太白遗风?

宝玉先喝起彩来,说:"从何处想来!"意思是奇思妙想,若黄河之水天上来。这评语大有脂砚斋批《石头记》的语气。

众人看了,也都不禁叫好,说:"果然比别人又是一样心肠。"

众人看了,都道:"是这首为上。"

虽然李纨坚持黛玉排第二,但早有公论,"群众"的眼睛是雪亮的。

宝玉一句"从何处想来",众人说"比别人又是一样心肠",都是说黛玉

> 抱得秋情不忍眠，自向秋屏移泪烛。
> 泪烛摇摇爇短檠，牵愁照恨动离情。
> 谁家秋院无风入？何处秋窗无雨声？
> 罗衾不奈秋风力，残漏声催秋雨急。
> 连宵脉脉复飕飕，灯前似伴离人泣。
> 寒烟小院转萧条，疏竹虚窗时滴沥。
> 不知风雨几时休，已教泪洒窗纱湿。

这首二十句的诗，竟用了十五个"秋"字，着力渲染了秋天肃杀、凄苦的气氛。

漫漫秋夜，凄风苦雨，灯影摇摇，窗纸簌簌，残漏声声。

重病少女，身世酸苦，孤单寂寞，前途渺茫，痛断肝肠。

如果联系全书其他诗词来理解，这个"秋"字还应有更深的含意。《红楼梦曲》中说，"堪破三春景不长"，又说"说什么天上夭桃盛，云中杏蕊多；到头来，谁把秋捱过！"再联系咏菊诗中"露凝霜重""衰草寒烟"等句来思考，这个"秋"字的象征意义就明显了。大观园群芳生活的时期，正是贾家开始"萧疏"的阶段，用季节比喻的话相当于"初秋"时分，只消一场暴风雨，就要万卉凋零，"落了片白茫茫大地真干净"了。

这是一篇乐府体诗，诗题《秋窗风雨夕》恰与它摹仿的《春江花月夜》的题目对仗，而且是"反对"。张若虚的《春江花月夜》写的是作者在温馨静谧的春夜里的绵绵情思，诗句里流露的是一点淡淡的哀愁和怅惘；而《秋窗风雨夕》则是凄风苦雨的秋夜，一个重病少女酸苦的哀思，悲凉的情绪如浓重的暗夜如巨大的磐石压在她的心头。这个娇花嫩草般的少女，孤苦伶仃住在潇湘馆里，听渐渐沥沥的雨点敲打着窗棂，想着自己凄凉的身世和迷茫的去路，岂不肝肠寸断。"助秋风雨来何速，惊破秋窗秋梦绿"，突然到来的秋风秋雨，惊破了她绿色洇染的幻梦，预感到年华将逝去，青春难再，怎能不咳出一摊血来。试问诸君，当此秋窗风雨，情何以堪！

念及黛玉将来因悲愁泪尽而死，我们不难发现，《秋窗风雨夕》是一次重要的铺垫。

我不禁想起杜甫的《登高》：

> 风急天高猿啸哀，渚清沙白鸟飞回。

> 无边落木萧萧下，不尽长江滚滚来。
> 万里悲秋常作客，百年多病独登台。
> 艰难苦恨繁霜鬓，潦倒新停浊酒杯。

此诗作于公元767年（唐代宗大历二年），杜甫当时在夔州。时年五十六岁。一天他独自登上夔州白帝城外的高台，登高临眺，萧瑟的秋江景色，引发了他身世飘零的感慨，渗入他老病孤愁的悲哀。于是，就有了这首被誉为"七律之冠"的《登高》。

宋人罗大经《鹤林玉露》称：此十四字之间含有八意：万里，地之远也；秋，时之惨也；作客，羁旅也；常作客，久旅也；百年，暮齿也；多病，衰疾也；台，高迥处也；独登台，无亲朋也。

老杜之悲，是男人之悲，悲得沉郁。

黛玉之悲，是弱女之悲，悲得凄苦。

每读《秋窗风雨夕》，都让我想起李清照的形象：守着窗儿，独自怎生得黑？"梧桐更兼细雨，到黄昏、点点滴滴。这次第，怎一个愁字了得！"

古时候的迁客骚人，在满腹忧愁无处诉说时，常将一腔幽情宣泄于纸上。中国文学史上最缺乏女性文学的创作，几位女作家，如汉之班昭、蔡琰，唐之薛涛，清之王照圆、席佩兰等，在文学史上斐然有名，但均比不上李清照。

李清照少年时生活在一个充满文学气氛的家里。十八岁时，与二十一岁诸城太学生赵明诚结婚。赵明诚1129年病逝于建康（今南京）。这年李清照四十六岁。生活环境的变化，李清照的诗词里前期尽是柔婉、深挚、缠绵，后期则充满孤苦、凄凉与颓废。

从某种程度来说，李清照的词作对曹雪芹《红楼梦》中林黛玉形象的塑造有着很大的影响。

李清照随宋室仓皇南渡后，到处逃难，至金华，才定居下来。几年来，颠沛流离，备尝艰辛。特别是丈夫死后，更给她带来了难言痛苦，使她后期的思想充满悲观主义。而这与黛玉"闺中女儿惜春暮，愁绪满怀无释处"有着惊人的相似之处。"柔肠一寸愁千缕"，流离之艰辛，丧夫之哀痛，孀居之愁苦，晚景之凄凉，时时包围着她，正是黛玉所感受到的"一年三百六十日，风刀霜剑严相逼"。常常是新愁未消，旧恨复起。经过多年流离而客居他乡的女词人感到归宿渺茫，发出"人在何处"的叹息。"寻寻觅觅，冷冷清清，凄凄惨惨戚戚。乍暖还寒时候、最难将息","满地黄花堆积,憔悴损,如今有谁堪摘!""梧桐更兼细雨,到黄昏,点点滴滴,这次第,怎一个愁字了得!"一声声,一句句,凄然寡欢、惨然抑郁,李清照将一个被生活抽打的伤痕累累的内心世界,双手捧给读者,令人黯然神伤。

比照易安居士,似乎易安词字字句句都在渲染黛玉之苦。

第四节　《题帕三绝》黯然销魂

题帕三绝:

　　眼空蓄泪泪空垂,暗洒闲抛却为谁?
　　尺幅鲛绡劳解赠,叫人焉得不伤悲!

　　抛珠滚玉只偷潸,镇日无心镇日闲;
　　枕上袖边难拂拭,任他点点与斑斑。

　　彩线难收面上珠,湘江旧迹已模糊;
　　窗前亦有千竿竹,不识香痕渍也无?

晴雯替宝玉送手帕时,黛玉本来表示:"这帕子是谁送他的?必是上好的,叫他留着送别人罢。"但是听得晴雯说"不是新的,就是家常旧的",于是她暗自"细心搜求,思忖一时,方大悟过来",然后连忙收下了手帕。她恍然大悟到的内容作者故意没有明言,那么,在这短短的一瞬间里,黛玉"搜求"到了什么呢?——她一定"搜求"到了据传最早出自明代的一首桐城民歌《素帕》:"不写情词不写诗,一方素帕寄心知。心知拿了颠倒看,横也丝(思)来竖也丝(思)。这般心事有谁知!"织手帕的"丝线",谐音代表着"思念",所以一方素帕上虽什么情话也没写,却已经靠密布的丝线传递出了密集的思念。这首诗中表达的,就是不宣之于口的、深沉浓密的相思,而这份心事也唯有那个特定的知心人才懂。手帕,是最能代表体贴和温暖的物事,因为它与人的皮肤接触最亲,能拭泪、能裹伤、能贴身收藏,所以古代最好的闺蜜关系就叫"手帕交"。而情人间馈赠的手帕，更是代表着如同丝丝缕缕织就的、交错纵横的思念。宝玉将自己的心情都托付给了这两方手帕，让它们用形影不离的相随，拂去林妹妹抛珠滚玉的伤悲。——黛玉此时，还会"搜求"到白居易在描写唐玄宗与杨贵妃之恋的《长恨歌》里，有一句诗写道："唯将旧物表深情。"人不如故，物不如旧，在相思里，如果不是与心上那个人有关的东西，再金贵的物件也不过是没有生命的物事而已。唯有旧物，带到面前来的，是两人一同有过的回忆，是往昔逝去不再的时光，是心上人仿佛才刚刚摩挲过的、从掌心传来的温度，是独属于他的气息漫布。要这么多感念寄予一件物品，也只有旧物才能表达出如此丰富的内容。书中描写，收到宝玉手帕的黛玉，一旦"大悟过来"，就马上开始难为情了，好像别人也能听懂他们的情话似的。于是她连忙催促晴雯"放下，去罢"，不敢让她多作探究和停留。其实晴雯回去又盘算了整整一路，也始终不解其意。拿到手帕的黛玉，终于与宝玉从一路青梅竹马的相对，到"别有幽愁暗恨生"的猜疑，走向这一刻豁然开朗的心心相印了。这怎能不让她神思荡漾、心池摇曳？在这样的激动难耐下，黛玉便首次抛开了一切担心和顾忌，在手帕上忘情地写下了三首诗，这就是《题帕三绝》。

虽然三首诗皆是写泪，但各自不同。在用词方面，其一用"洒"，是指泪分散地落下；其二用"潸"，指泪流淌而下；而其三用了"彩线难收面上珠"，则是指泪怎么也止不住了。而内容方面也不同，其一点明伤悲流泪的缘由——宝玉赠帕；其二描绘流泪的情境，既是难以拂拭，干脆就任他在枕上袖边留下点点与斑斑吧；其三化湘水女神斑竹的典故，我的窗前也有千竿翠竹，不知道是否也留下了痕渍？

满纸荒唐言，一把辛酸泪。《红楼梦》小说的前八十回中，黛玉应该是流了三十次眼泪。只可惜，曹公早逝，我们无法看见原著中在以后的回合里，黛玉又为情流了多少的泪水。我们只能从太虚幻境里的十二支曲子唱的"欠泪的，泪已尽"中去感受黛玉的那份真挚和感伤。

第五节 "寒塘冷月"入梦惊心

《红楼梦》第七十六回贾府过中秋林黛玉和史湘云中途离席，跑到凹晶馆重的落了一地，因叹道："这是他心里生了气，也不收拾这花儿来了。待我送了去，明儿再问着他。"说着，只见宝钗约着他们往外头去。宝玉道："我就来。"说毕，等他二人去远了，便把那花兜了起来，登山渡水，过树穿花，一直奔了那日同林黛玉葬桃花的去处来。将已到了花冢，犹未转过山坡，只听山坡那边有呜咽之声，一行数落着，哭的好不伤感。宝玉心下想道："这不知是那房里的丫头，受了委曲，跑到这个地方来哭。"一面想，一面煞住脚步，听他哭道是：

花谢花飞花满天，红消香断有谁怜？
游丝软系飘春榭，落絮轻沾扑绣帘。
闺中女儿惜春暮，愁绪满怀无处诉。
手把花锄出绣闺，忍踏落花来复去。
柳丝榆荚自芳菲，不管桃飘与李飞；
桃李明年能再发，明年闺中知有谁？
三月香巢已垒成，梁间燕子太无情！
明年花发虽可啄，却不道人去梁空巢也倾。
一年三百六十日，风刀霜剑严相逼；
明媚鲜妍能几时，一朝漂泊难寻觅。
花开易见落难寻，阶前愁杀葬花人，
独倚花锄泪暗洒，洒上空枝见血痕。
杜鹃无语正黄昏，荷锄归去掩重门；
青灯照壁人初睡，冷雨敲窗被未温。
怪奴底事倍伤神？半为怜春半恼春。
怜春忽至恼忽去，至又无言去不闻。
昨宵庭外悲歌发，知是花魂与鸟魂？
花魂鸟魂总难留，鸟自无言花自羞；
愿奴胁下生双翼，随花飞到天尽头。
　　天尽头，何处有香丘？
未若锦囊收艳骨，一抔净土掩风流。
质本洁来还洁去，强于污淖陷渠沟。
尔今死去侬收葬，未卜侬身何日丧？
侬今葬花人笑痴，他年葬侬知是谁？

试看春残花渐落，便是红颜老死时；
一朝春尽红颜老，花落人亡两不知！

这就是《葬花吟》，全诗共五十二句，三百六十八字，可谓字字珠玑，句句血泪。表面写的是春残花落的不幸，实质是黛玉借写花倾诉自己身世遭遇的凄凉。

"花谢花飞花满天，红消香断有谁怜？游丝软系飘春榭，落絮轻沾扑绣帘。"大意是：暮春时节，千娇百媚的花朵，经风一吹变成了漫天的花雨，褪尽了娇艳的红色，消逝了醉人的芳香，有谁去怜惜她们呢？柔弱的蛛丝飘荡在春日的台榭前，几时被风吹散呢？还有那飘零的柳絮扑进绣帘，是在乞求闺中人的怜惜么？

这里"怜"有两层含义：一是悲叹——孤独无助；二是渴求——身有所托。

花自古以来便是女性的象征，以花喻人，以人喻花，诗词中常用此手法。《红楼梦》中的花与人也是对应的，牡丹对应宝钗、芙蓉对应黛玉、海棠对应湘云、杏花对应探春、老梅对应李纨、并蒂花对应香菱、桃花对应袭人，另外晴雯号称"芙蓉仙子"。

诗中的花当指大观园的女儿们，花儿的凋谢也预示着她们的逝去。世人对待她们的消逝也如同对待花儿一样，谁会来惜取将残的红颜呢？这是一个时代的悲剧，女性的生命不过昙花一现，花开过后便要迅速飘落，任那些曾欣赏她们的人践踏，芳魂艳魄都将不存，留下的只是一缕尘香。李清照说"风住尘香花已尽"即指此。王国维说"人生只似风前絮，欢也零星，悲也零星，都作江心点点萍"。命运如此，又能如何？

游丝之软，游丝之弱，不禁让人联想到黛玉的身世，出身于诗书之家，幼年丧母，父亲死后益发无依无靠，一个孤苦伶仃的女孩像浮萍一样寄居贾府。生命之软弱，不正如檐下飘荡的游丝，随时都有可能被风斩断。

【批注】

花谢：凋零残破，落红无数。无力抓住枝头却几度回顾，仿佛可见那哀求与绝望的眼神，令人肝胆俱碎。

花飞：因风而起，聚散离合，冲撞旋转，摇摆浮沉而不能自主，欲伸手扶持却无力相助。

花满天：风逞凶狂，卷集而上，半空里把花瓣狠命抛掷，撕扯踢蹬，斩刺

·39·

劈杀，只搅得天昏地暗，血雨腥风。漫天游魂无系，四方神鬼俱惊。从描写技巧角度看，这是一段全景描写，由低到高分成三个空间层次：地下，树间，天上。逐次而上，愈高愈惨淡。从观察角度看，由近及远呈现三个波次：眼前，山前，天外，愈远愈销魂。从物态形式看，有实境有虚境：花谢花飞眼前景为实，花满天至目力所不及为虚。从呈现方式看，有实写有虚写：花乃台前舞者，一起一落尽在目前，此显者为实；风乃摧花辣手，狰狞刻毒都在幕后，此隐者为虚。字字写花，字缝里却都是风。

再说遣词造句，古人写诗最忌同语重复。然用得巧了，却有意想不到的效果。这句诗拢共七个字，"花"字出现三次，岂不犯忌？事实恰恰相反，"花"字三次出现，并非庸常堆砌，而是三字三形态，三字三境界，层递推进，堆叠渲染，令人不惟触目皆花，即心理上也充盈满溢，塞心堵肺了。大有"庭院深深深几许"之妙。三名词之外，又铺排三个动词，"谢""飞""满"，这里的"满"应该解为"充满、弥漫"。妙就妙在虽是动词，却又呈现画面感。三个字各具情态，一字一画面，一字一情致，比老杜绝句"两个黄鹂"更胜一筹了。

首句"花谢花飞花满天"，画面雄阔苍凉，劈空而来，已是魂悸魄动，更有次句惊天一问："红消香断有谁怜？"黛玉病弱之躯，苍天不悯，自幼失怙，寄人篱下，"一年三百六十日，风刀霜剑严相逼"，遂自怜身世，"尔今死去侬收葬"，"他日葬侬知是谁？"红销香断亦已悲矣，更令人悲不自胜的是茫茫人海，攘攘尘世，竟无一人可依。孤苦无助，绝望如灰，于是发出这撕心裂肺的呼喊："红消香断有谁怜？"听此凄厉惨呼，若黛玉父母泉下有知，岂不痛彻肺腑耶？若宝玉历尽沧桑，深谙世事，听此一呼，岂不肝肠寸断耶？即我等非亲非故，一介书虫，听此一呼，亦老泪纵横，捶胸顿足矣。

一念及此，遂掷书折笔，披衣夜起，寻酒买醉。

"闺中女儿惜春暮，愁绪满怀无处诉，手把花锄出绣闺，忍踏落花来复去？"

【批注】

愁：暮春是个忧伤的季节，弹指间红颜衰老，百花凋零，无可奈何，惟有惋惜。黛玉本就多愁善感，加之对宝玉的误解，更是满怀忧郁惆怅。

诉：许多版本的"无处诉"作"无释处"或"无着处"，其实不妥。"释"可作"宣泄"讲，意为愁绪找个出口；"着"做"寄托"讲，意为寄情于物，二者都讲得通，也都贴切，只是不合作者语言风格。第三十七回黛玉《咏白海棠》中"娇羞默默同谁诉"，第三十八回黛玉《咏菊》中"片言谁解诉秋心"，《菊梦》中"醒时幽怨同谁诉"，皆用"诉"，此处亦应如是。知人论世，读书更需读人。诗人们在用词上往往有偏好，如王维爱用"空"字，人称"诗佛"。张先爱用"影"字，自称"张三影"。

踏：落花已是薄命，又兼世人薄情，不管什么臭脚都往上踩，一个"踏"字尽显世态。黛玉不忍落花被践踏，同病相怜，因怜生爱。这句是写葬花的原因。也是向那个世界无力的抗议。

这首诗四句一韵，一韵一节，每一节都有相对的独立性。继第一节疾风暴雨似的情感宣泄之后，这一节采用合口呼的"u"韵，语调转为低沉苦闷，如泣如诉、如怨如慕，令人颔首倾听，惆怅不已。这不能不说是诗人用韵之功。

"柳丝榆荚自芳菲，不管桃飘与李飞；桃李明年能再发，明年闺中知有谁？"

【批注】

第三节又转回写景。柳叶和榆荚只知道炫耀自己的芳菲，却不管桃花的飘零、李花的纷飞，等到来年春回大地，桃李又含苞吐蕊，只是闺中却无昔日的葬花人。

柳丝榆荚往往代表无德无才平庸世俗，比如韩愈《晚春》有"杨花榆荚无才思，惟解漫天作雪飞"的句子。这里把柳丝榆荚和桃飘李飞对比。暮春时节，桃李飘零，却正是榆柳得意之时，可谓苍天无眼，不辨妍媸。接下来又推出一组对比：桃李与葬花人。桃李尚有重开日，葬花人却不知命运如何。风雨飘摇，黛玉念及多病之身，感叹命运不能自主，连落花尚且不如，不由悲从中来。每读至此，我便欲为黛玉一大哭。

"三月香巢已垒成，梁间燕子太无情！明年花发虽可啄，却不道人去梁空巢也倾。"

【批注】

第四节转写燕子。前一节已言桃李不如柳丝榆荚，人不及桃李，悲已至极，此处宕开一笔，将视角从桃李转向梁间飞燕。燕巢飘香，这本是可喜之事，黛玉却恼燕子无情，本节之妙正在于此。此节虚写燕子，实写惜花，燕巢已然生香，自是衔花筑巢的结果，怎能不让惜花的黛玉生恨。情由景发，景由情生，黛玉又想到了明年的自己，回答上节之问，重拾上文之悲。

"一年三百六十日，风刀霜剑严相逼；明媚鲜艳能几时，一朝漂泊难寻觅。"
【批注】

第五节写花之境遇。一年三百六十日的风霜无情地摧残花枝，艳丽的芳华能有几时呢？一旦飘落便化作香尘，"零落成泥碾作尘"，再也无处寻觅。风似刀，霜如剑，最后着一"逼"字，尤显残酷无情。

焦仲卿刘兰芝同是被逼迫，一个"举身赴清池"，一个"自挂东南枝"。

曹植被兄长曹丕逼迫，七步赋诗，命悬一线。"本是同根生，相煎何太急。"

一年三百六十日，日复一日，年复一年，日日如此，岁岁不改。诗词语言力求简洁，而这里却运用了繁笔手法，不但不显得啰嗦，反而更能突出黛玉寄人篱下度日如年的艰辛。

黛玉寄居贾府，孤立无助，十二三岁，正是一个无忧无虑、想哭就哭想笑就笑天真烂漫的年龄。但在风刀霜剑下生活的黛玉，被割得遍体鳞伤。贾府虽是姥姥家门，舅舅虽说过"如同在自己家里一样"，嫂子虽说过"丫头小厮们不好了，只管告诉我"，但黛玉自尊敏感，无从感受到家庭的温暖，行事说话，步步留心，时时在意，唯恐说错一句话，多行一步路。俗话说"冷汤冷饭好吃，冷言冷语难受。"风寒欺身，忧惧在心。宝玉挨打，她羡慕宝玉有家人探望，宝钗入住，她羡慕宝钗阖家团聚。补身子需要燕窝时，不敢张嘴去要，担心即便舅母嫂子姐妹不说什么，那些下人们未必不怪她多事。寄人篱下，谁知刀剑何出？不是黛玉多心，实是身在棘林，动辄受伤，想黛玉小小心脏，如何承受得了风刀霜剑。

"一年三百六十日，风刀霜剑严相逼。"这是黛玉生活的真实写照，也是黛玉性格产生的根本原因。

"花开易见落难寻，阶前闷杀葬花人，独把花锄偷洒泪，洒上花枝见血痕。"
【批注】

第六节写葬花之人。黛玉独自一人，手把花锄，边哭边葬，读来无限悲伤，最后一句"洒上花枝见血痕"更是断肠之语。这天本是饯花节，大观园的其他女孩都在庆祝，而黛玉避开他人，独自至花冢前默默洒泪。葬花，看似矫情，甚至荒唐。然而"都云作者痴，谁解其中味"。

血痕：想当年娥皇女英哭于九嶷山，血泪洒于青竹之上，故有"斑竹"，其后又于潇湘之间投水自尽，号为"湘夫人"。这里葬花人泣血葬花，足见用情之深。

"杜鹃无语正黄昏，荷锄归去掩重门。青灯照壁人初睡，冷雨敲窗被未温。"
【批注】
第七节转而写景。日已黄昏，杜鹃无语，青灯照壁，冷雨敲窗，初睡之人，未温之被，四顾凄凉。王国维说"景语即情语"，黛玉葬花归来，心系落花，自怜身世，所以触目皆带有悲戚色彩。

古诗中"杜鹃"是表示悲哀的常见意象，传说周朝末年，蜀地君主望帝，名杜宇，传位于臣子，隐居西山。不幸国亡身死，灵魂化为杜鹃鸟，悲鸣时嘴角滴出血来。后人用"望帝啼鹃""杜鹃啼血"的典故烘托悲凉气氛。这里黛玉自比杜鹃，既应上节之血泪，亦叹自己命运之悲惨。身孤因灯青，心寒故雨冷，此时此境怎能入眠？黛玉由情生景，自景见情，传情入景，自景悟情，情景反复，循环不绝。

"怪奴底事倍伤神，半为怜春半恼春：怜春忽至恼忽去，至又无言去不闻。"
【批注】
第八节是黛玉的自问自答。
问曰："什么事这么伤神呢？"
答曰："半为怜春半恼春。"
问曰："为什么既怜又恼呢？"
答曰："怜春忽至，恼春忽去。"
问曰："有来就有去，自然之理，有什么可恼呢？"
答曰："来时不告诉自己，去时也不打声招呼。"

短短四句，三问三答，十分精练，却用口语写出，清新自然，不加雕饰，平白如话，妙不可言，大有"松下问童子，言师采药去。只在此山中，云深不知处"（贾岛《访隐者不遇》）之风范。此节终于跳出了前面悲苦凄惨的氛围，微微带些伤感，更多的则是黛玉的活泼，让人稍稍有点喘息之机。

另外，许多版本将口语"奴"作书面语"侬"，不妥，"奴"显小女儿随口成句之口吻,"侬"则带文人酸腐之气。

"昨宵庭外悲歌发,知是花魂与鸟魂?花魂鸟魂总难留,鸟自无言花自羞。"

【批注】

第九节写幻境。在怜春恼春之后,黛玉又回忆起了昨晚之事,所谓的悲歌只是自己的心在沉沉低吟而已,花儿哪有灵魂,鸟儿哪有精灵,黛玉怎能听到它的悲歌呢?在庭外悲歌的只是自己的孤魂。花魂与鸟魂都难以挽留,自己的灵魂又怎能挽留呢?问鸟儿,鸟儿默默无语,问花儿,花儿低头含羞。他们虽然无语,却已给出了答案,悲歌的是自己,无法挽留的亦是自己。

"愿奴胁下生双翼,随花飞到天尽头。天尽头,何处有香丘?"

【批注】

第十节写无路可走的彷徨。人生难耐煎熬,莫如随花飞去。所谓"愿生双翼",其实是"恨无双翼",这不是脑洞大开的奇思妙想,而是走投无路时萌生的去意。然而,天下之大,哪里有她黛玉的容身之处。天尽头可有人在等着她吗?天尽头有她可以托身的人吗?天尽头有她理想的归宿吗?苦苦寻觅,茕茕追索,问天天不语,呼地地不应。"何处有香丘"?在电视剧87版《红楼梦》中,王立平作曲时把这里处理成复沓式节奏,回环反复,演唱者陈力体悟至深,节节高起,将情感逐步推向高潮。

"未若锦囊收艳骨,一抔净土掩风流。质本洁来还洁去,强于污淖陷渠沟。"

【批注】

第十一节以死明志。"未若"两句,思绪收回现实,郑重表达了对生死的思考。生命固然是宝贵的,然而自古以来,舍生取义者大有人在。

伯夷叔齐不食周粟,饿死在首阳山上,此乃节烈之士,孔子称其义,司马迁称其清。

介子推厌恶狐偃、壶叔一班朝臣争名夺利,隐于绵山,晋文公焚林,介子推母子相抱赴死,此乃不禄之士。黄庭坚赞叹道:"士甘焚死不公侯,满眼蓬蒿共一丘。"

戊戌变法失败,康、梁皆出逃,谭嗣同抗言陈词:"各国变法,无不从流血而成,今中国未闻有因变法而流血者,此国之不昌者也。有之,请从嗣同始。"遂慷慨赴死。此乃爱国之烈士。谭嗣同自为诗曰:"我自横刀向天笑,去留肝胆两昆仑。"

项羽遭垓下之围,酌酒悲歌:"力拔山兮气盖世,时不利兮骓不逝,骓不逝兮可奈何,虞兮虞兮奈若何?"歌词苍凉悲壮,情思缱绻悱恻,史称《垓下歌》。此际,这位叱咤风云的人物,竟也流露出儿女情长、英雄气短的哀叹。随侍在侧的虞姬,怆然拔剑起舞,并以歌和之:"汉兵已略地,四方楚歌声;大王意气尽,贱妾何聊生。"歌罢自刎,以断项羽后顾之私情,激项羽奋战之斗志。此乃殉情之烈女。清诗人袁枚赞曰:"三军已散佳人在,六国空亡烈女谁?"

"生存还是死亡?这是一个问题。"在生与死的抉择中,"不自由,毋宁死"做了最好的诠释。中国古代文人尤其重视人格独立,精神自由,屈原"宁赴常流葬乎鱼腹中"也不肯与世俗同流合污。嵇康不惜得罪司马昭,宁可广陵绝响也不肯屈志仕晋。黛玉小小年纪,感物伤怀,思想的野马东奔西突,却始终找不到出路。"未若"二字足见其心路之艰难。以其"皓皓之白,而蒙世之温蠖",不免有屈原之叹,"抱石"之想。

"质本洁来还洁去",洁是黛玉的真——冰清玉洁真性情。敢爱敢恨,哭笑随心,不会掩饰,不会阿谀,不会随波逐流。所谓"众人皆浊我独清",洁身自好是也。与"半卷湘帘半掩门,碾冰为土玉为盆"相印证。

洁是黛玉的贞——干干净净女儿身。在天为三生石畔的一株草,在世为孤标傲世奇女子。如空谷幽兰,不染半点尘埃。离世前焚诗稿,断情丝,白茫茫一片大地真干净。

自前一节以来,激情一路高涨,至此达到巅峰,格调十分悲壮。

"尔今死去侬收葬,未卜侬身何日丧?侬今葬花人笑痴,他年葬侬知是谁?"

【批注】

绝望:哀莫大于心死

落花尚有葬花人收以锦囊,掩以净土,葬花人死时会有谁来收葬呢?昂首问天,苍天不语;泪眼问灯,青灯垂泪。

人笑痴:三层含义:①"人"与"侬"是一个对立体;②"人"是他人,

是世俗，是包围着黛玉的人群、世俗的眼光、格格不入的感情世界；③"笑"是因为愚昧——对生死的不知不觉，一片混沌，不清醒；是因为对人情的冷漠，缺少悲悯之心，心太狠。

人不如物，生不如死。面对这种哀叹，谁还能笑葬花人痴吗？谁还能笑得出来呢？

"试看春残花渐落，便是红颜老死时。一朝春尽红颜老，花落人亡两不知！"

【批注】

第十三节花落人亡。此节是对上节的回答，未卜侬身何日丧？春残花渐落，便是红颜老死时。他年葬侬知是谁？"一缕香魂随风散，三更不曾入梦来。"花已落人已亡，什么都不知了，还问这个干什么呢？

两不知：这是人间大悲哀。

一是落花有灵，可惜再无人怜花惜花，只有落花随流水。

二是亡人有情，无奈孤魂一缕，漂泊无依，便纵有千种风情，又与何人说。

末句遥对首句"红消香断有谁怜"，缠绵悱恻，哀婉之至。

87版《红楼梦》的音乐，王立平前后写了四年半，其间他翻阅了《红楼梦》的各种版本，去体味，去品味，去解味。而其中《葬花吟》的创作，耗时一年零九个月，是王立平写得最苦、用时最长的一首。

"从前人们理解《葬花》，多是哭哭啼啼，极度悲切，虽然感人，但仔细想来，又有一种意犹未尽的感觉。这使我想到，为什么曹雪芹会对林黛玉情有独钟，为这个孱弱的女子写这样一阕佳句连篇的作品，让我们人人为之扼腕叹息，人人为之感动流泪？"

曹雪芹如此厚爱林黛玉，自有其原因。

痛苦源于对痛的敏感，源于对人生清醒的认知。

王立平认为，在所有的女子中，林黛玉不仅是最聪明的一个，也是最清醒的一个，所以她也就最痛苦。单是悲悲切切，不足以表达曹雪芹厚重的笔墨。

一年多的煎熬总算换来了这样的顿悟。王立平讲道："那一刻我就想，这哪里是低头葬花，分明就是昂首问天！"就这样，"我把曹雪芹的这首词写成了一首'天问'！"。

《天问》是中国最伟大的浪漫主义诗人屈原的代表作，收录于西汉刘向编辑的《楚辞》中，全诗 373 句，1560 字，起伏跌宕，错落有致。该作品全文自始至终，完全以问句构成，一口气对天、对地、对自然、对社会、对历史、对人生提出 173 个问题，被誉为是"千古万古至奇之作"。

这首发自林黛玉内心的具有浓烈生命意识的《葬花词》，又何尝不是"问天"。

如果说晏殊当年的那一句"无可奈何花落去，似曾相似燕归来，小园香径独徘徊"是惜春之作，曾令多少人伤怀感叹。那么黛玉的"试看春残花渐落，便是红颜老死时。一朝春尽红颜老，花落人亡两不知"这一句又不知会令多少人读来为之泪尽肠断啊！

凄婉动人，缠绵悱恻，多少形容词都不足以尽言此时内心的皱缩感。

黛玉向香菱讲诗时说，"词句究竟是末事，第一立意要紧。若意趣真了，连词句不用修饰，自是好的，这叫做'不以词害意'"。

如歌如诉，为我们与林妹妹进行心灵对话，打开了一面窗口。

悲愤的呐喊、无奈的叹息不会成为历史中的绝响，理想破灭、生命失落是许多中国古代知识分子共同的命运。他们抱着"匡世济民""家国天下"的情怀参与到国计民生中，但现实黑暗而知识分子又缺乏圆滑斡旋的政治手腕，常常陷入黑暗的政治斗争中，使理想与生命都受到伤害。

具体的遭遇不同，但内心的焦灼、痛苦与哀伤是相通的。曹雪芹用黛玉的时乖命蹇诠释了古代知识分子的悲剧性命运。但林黛玉的生命之悲又与传统知识分子的命运之叹不尽相同，如果说传统知识分子的失落是要跻身于权威体系而不得，是得不到外界的认可，那么黛玉则是牺牲在权威话语的压制下，是个体思想、生命生存的空间的缺乏。她不依附权威，甚至对其中的一些价值观是持怀疑态度的，她执着的是"人之所以为人"的人生，也正是这样，黛玉成了大观园甚至整个社会中的边缘人，其悲剧便在于专制制度对个体生命的漠视和对异端的扼杀。

林黛玉这一形象体现了曹雪芹对美、真诚、良知的赞美，对自由、独立的向往，同时也体现了他对知识分子处境的思考和对包括自己在内的知识分子命运的感伤，是一个具有古典人文性格的知识分子艺术化身。

第七节　林黛玉诗词艺术特色

一、林黛玉独立创作的诗歌

三首歌行体诗歌：《葬花吟》《秋窗风雨夕》《桃花行》
八首七绝：《题帕三绝》《五美吟》
五首七律：《咏白海棠》《咏菊花》《梦菊》《问菊》《咏螃蟹》
二首五律：《世外仙源》《杏帘在望》
一首词：《唐多令·柳絮词》

二、林黛玉诗歌问句现象分析

林黛玉诗歌中出现频率最高、最惹人注目的词句是疑问句：
花谢花飞花满天，红消香断有谁怜？——《葬花吟》
天尽头，何处有香丘？——《葬花吟》
满纸自怜题素怨，片言谁解诉秋心？——《咏菊》
孤标傲世偕谁隐？一样花开为底迟？——《问菊》
娇羞默默同谁诉？——《咏白海棠》
叹今生，谁舍谁收？——《唐多令·柳絮词》

林黛玉诗歌中"有疑而问"的"疑问句"（"追问句"）共23句之多（反问句和设问句除外），她的诗歌，也算是一串奇特的"天问"。可以说，林黛玉诗歌具有强烈的"追问意识"。除了《葬花吟》之外，其他诗歌中也多次出现。如《题帕三绝》中：

"眼空蓄泪泪空垂，暗洒闲抛却为谁？尺幅鲛绡劳解赠，叫人焉得不伤悲！"（其一）

"抛珠滚玉只偷潸，镇日无心镇日闲。窗前亦有千竿竹，不识香痕渍也无？"（其三）

又如《问菊》中：

"欲讯秋情众莫知，喃喃负手叩东篱。孤标傲世偕谁隐，一样花开为底迟？

圃露庭霜何寂寞,鸿归蛩病可相思?休言举世无谈者,解语何妨片语时。"

这些问句的产生,不是偶然现象,应该是作者特意为黛玉赋予的一种不同于其他姐妹的独特性格的映照,是代表着作者对社会对人生的追问。

三、林黛玉的诗词所散发出的哲学思考

统治者的威严、残酷,奴才们的势利、阴险构成了黛玉生活的现实环境,专制、冷漠、充满现实功利色彩,没有对灵魂、生命的爱护与尊重,不容许个性与自由,更没有美存在的空间。除了宝玉,没人理解她的心灵和生存的方式,对于黛玉这样一个率真、充满诗性个体,现实带给她的只能是深深的伤害与无尽的孤独。"满纸自怜题素怨,片言谁解诉秋心?"生命漂泊无依而又无能为力,在严酷的现实中,前途、生命都是茫然的,这对于一个执着于生命的人来说是悲凉、残酷的。

在评论者们看来,《红楼梦》可谓字字珠玑,林黛玉的诗词除了它作为小说文本所应有的功效以外,还包含着深厚的哲学反思。例如薛海燕就指出,林黛玉的诗词表现了人与自然生命的共感共振,以及回归历史上伟大的人格。所以我们在林黛玉的诗文中除了能感受到诗意美以外,还能与屈原、阮籍、陶渊明、陈子昂等古人心灵相通,神交意会。再如成穷先生说:"从《葬花词》的诗句中,从无数伤春悲秋的作品中,我们听到了人和文人,自然和历史、天命和人命交织而成的深沉旋律。"

第四章　宝黛爱情

先听一段《枉凝眉》：

　　一个是阆苑仙葩，一个是美玉无瑕。若说没奇缘，今生偏又遇着他；若说有奇缘，如何心事终虚化？一个枉自嗟呀，一个空劳牵挂；一个是水中月，一个是镜中花。想眼中有多少泪珠儿，怎经得秋流到冬尽，春流到夏。

　　曹雪芹在《红楼梦》里写宝黛爱情有着精心的设计与布局。这部作品有着一个复杂庞大而又精巧玲珑的网络结构，宝黛爱情在这个结构中占有重要位置，它和另一条贾史王薛四大家族兴衰的线索穿插交织，构成了这部巨著严密的整体。

第一节　木石前盟

　　"木石前盟"设定了宝黛爱情的性质。
　　西方灵河岸有个三生石，三生石边长着一株绛珠草，得了神瑛侍者之甘露浇灌，受天地精华，脱草木之质，修成女体，只因未报神瑛侍者灌溉之德，五脏六腑里结着一段缠绵不尽的情意，于是要随神瑛侍者下世为人，把一生的眼泪都还给他。
　　林黛玉眼泪只为贾宝玉一人而流，第二十七回小说交代了林黛玉流泪的日常情形，"常常的便自泪道不干的。"林黛玉流泪如家常便饭一般，不但频次高，且有时莫名其妙，故连贴身侍婢也见怪不怪了。
　　《红楼梦》行文的根本意图在于：黛玉托生于人世，只为以泪还情，以情报恩，其全部心思全在宝玉一人。

林黛玉流泪频次虽高，但小说文本对其眼泪的书写却惜墨如金。林黛玉的出场在小说之第二回由贾雨村口中带出，到第九十八回香魂一缕随风散。根据统计，在近百回的篇幅中，第三回、第五回、第十六回、第十七回、第十八回、第二十回、第二十三回、第二十六回、第二十七回、第二十八回、第二十九回、第三十二回、第三十四回、第三十五回、第四十五回、第四十九回、第五十七回、第五十八回、第六十四回、第六十七回、第七十六回、第八十一回、第八十二回、第八十三回、第八十六回、第八十九回中写到了林黛玉之流泪。只看前八十回的统计，很容易发现，文本的前半部分，也就是前一至四十回，黛玉流泪较多；文本的后半部分，也就是后四十一至八十回，黛玉流泪较少。甚至在第三十五回写到流泪之后，直到四十五回才再次提及流泪，中间居然有十回的篇幅没有提及。黛玉的眼泪，最密集的部分，集中在第二十六至二十九回。这种疏密有间、错落有致的书写格局，从根本上取决于宝黛爱情的曲折性、阶段性。

以泪报恩，设定了宝黛爱情的特殊性和纯洁性。

对爱情，黛玉的追求单纯、强烈而又执著。她追求以相互理解、尊重为基础的爱情，向往精神的默契和灵魂的交融，是超越功利、伦理的心灵的吸引。黛玉认定宝玉是知己，因而拼着性命捍卫这份情缘。寻"知己"是她对待爱情的态度，也是在看待爱情时对自我精神的看重。同时黛玉是非常执著的，她寄人篱下生活在贾府中，没有父母为自己做主，又有"金玉""麒麟"之缘的威胁，以及袭人、王夫人等人严密的监控，她的情感道路充满了艰险。但她始终苦苦追求，直至生命的最后一声呼唤，她用脆弱的生命承受了爱的沉重。

第二节　爱的轨迹

《红楼梦》与之前描写爱情的作品不同，摆脱了一见钟情私定终身克服重重阻挠有情人终成眷属的故事模式，曹雪芹把宝黛爱情放在了一个政坛变幻、家族兴衰的大背景下，通过从无到有、由微而著、先慕后爱、由懵懂到觉醒、由试探到稳定、由巅峰到毁灭的波折起伏，完整展示了宝黛爱情发展的轨迹。

整理回目，抽丝剥茧，我们便可窥见宝黛爱情的心路历程。

（一）情窦初开

第三回　接外孙贾母惜孤女（宝黛初会）；

第十九回　意绵绵静日玉生香（青梅竹马）；

第二十三回　西厢记妙词通戏语（共读西厢）。

（二）情定今生

第二十七回　埋香冢飞燕泣残红（黛玉葬花）；

第三十二回　诉肺腑心迷活宝玉（倾诉衷肠）。

（三）情投意合

第三十四回　错里错以错劝哥哥（宝玉赠帕）；

第五十七回　慧紫鹃情辞试莽玉（紫鹃试玉）。

（四）情归何处

第九十七回　林黛玉焚稿断痴情（黛玉焚稿）；

第九十八回　苦绛珠魂归离恨天（黛玉之死）。

三十二回以前，我们看到爱情主题的描写差不多是紧针密线，笔力集中。三十三回以后，虽然也写了与这一主题直接或间接有关的事件，如宝玉挨打、钗黛探伤、袭人被擢升、绣鸳鸯梦兆绛芸轩、宝玉梦中大喊"木石姻缘"等，但这条密线渐渐疏淡了下来，到三十八回以后，似乎中断了，曹雪芹的笔开始转而去写荣国府里大大小小的宴饮聚会、姑娘们的联社赋诗，写贾府内部复杂的矛盾斗争，以及一系列其他事件。

在三十二回以前，集中笔力写了宝黛的互相试探，之后他们在共同的思想基础上建立了信任。这个"内部"矛盾解决以后，曹雪芹需要在更为广阔的空间来揭示宝黛爱情悲剧的典型环境和深刻的根源，需要更加深广地写出贾府以至整个世俗社会的腐败、衰朽，以及无可奈何的没落趋势。

第三节　共读西厢

先看第二十三回《西厢记妙词通戏语　牡丹亭艳曲警芳心》：

  那一日正当三月中浣，早饭后，宝玉携了一套《会真记》，走到沁芳闸桥边桃花底下一块石上坐着，展开《会真记》，从头细玩。正看到"落红成阵"，只见一阵风过，把树头上桃花吹下一大半来，落的满身满书满地皆是。宝玉要抖将下来，恐怕脚步践踏了，只得兜了那花瓣，来至池边，抖在池内。那花瓣浮在水面，飘飘荡荡，竟流出沁芳闸去了。

  回来只见地下还有许多，宝玉正踟蹰间，只听背后有人说道："你在这里作什么？"宝玉一回头，却是林黛玉来了，肩上担着花锄，锄上挂着花囊，手内拿着花帚。宝玉笑道："好，好，来把这个花扫起来，撂在那水里。我才撂了好些在那里呢。"林黛玉道："撂在水里不好。你看这里的水干净，只一流出去，有人家的地方脏的臭的混倒，仍旧把花糟蹋了。那畸角上我有一个花冢，如今把他扫了，装在这绢袋里，拿土埋上，日久不过随土化了，岂不干净。"

  宝玉听了喜不自禁，笑道："待我放下书，帮你来收拾。"黛玉道："什么书？"宝玉见问，慌的藏之不迭，便说道："不过是《中庸》《大学》。"黛玉笑道："你又在我跟前弄鬼。趁早儿给我瞧，好多着呢。"宝玉道："好妹妹，若论你，我是不怕的。你看了，好歹别告诉别人去。真真这是好书！你要看了，连饭也不想吃呢。"一面说，一面递了过去。林黛玉把花具且都放下，接书来瞧，从头看去，越看越爱看，不到一顿饭工夫，将十六出俱已看完，自觉词藻警人，余香满口。虽看完了书，却只管出神，心内还默默记诵。

  宝玉笑道："妹妹，你说好不好？"林黛玉笑道："果然有趣。"宝玉笑道："我就是个'多愁多病身'，你就是那'倾国倾城貌'。"林黛玉听了，不觉带腮连耳通红，登时直竖起两道似蹙非蹙的眉，瞪了两只似睁非睁的眼，微腮带怒，薄面含嗔，指宝玉道："你这该死的胡说！好好的把这淫词艳曲弄了来，还学了这些混话来欺负我。我告诉舅舅舅母去。"说到"欺负"两个字上，早又把眼睛圈儿红了，转身就走。宝玉着了急，向前拦住说道："好妹妹，千万饶我这一遭，原是我说错了。若有心欺负你，明儿我掉在池子里，教个癞头鼋吞了去，变个大忘八，等你明儿做了'一品夫人'病老归西的时候，我往你坟上替你驮一辈子的碑去。"说的林黛玉嗤的一声笑了，揉着眼睛，一面笑道："一般也唬的这个调儿，还只管胡说。'呸，原来是苗而不秀，是个银样蜡枪头'。"宝玉听了，笑道："你这个呢？我也告诉去。"林黛玉笑道："你说你会过目成诵，难道我就不能一目十行么？"

《会真记》是唐朝元稹所著《莺莺传》的别名，属于传奇小说，用文言文写的故事。《西厢记》是在元稹小说基础上改写的元杂剧，先是有金代董解元《西厢记诸宫调》共六卷，后由元代王实甫改编成剧本《崔莺莺待月西厢记》，现今流传的是五本二十一折五楔子，人称大西厢。文中黛玉所说"十六出"，应该是当时流传版本不同。另文中说宝玉携了一套《会真记》，应该是作者笔误，因为这一回题目是《西厢记》，所引剧本对白也符合《西厢记》剧本。

《西厢记》自明至清，可以说一直被封建统治者视为"淫诲之书"，清乾隆十八年，最高统治者就直接谕文内阁"严行禁止"，可见此书在统治者眼中，就如"洪水猛兽"。"共读西厢"这种高妙的艺术构思，无论是对宝黛二人叛逆性格的形成，还是他们的爱情所表现出来的反封建礼教的深层思想意义，都起到了不可估量的作用。此外，从《红楼梦》的描写来看，宝黛的爱情觉醒，显然也与《西厢记》具有直接关系。宝黛在爱情萌发之前，曾经历着一段青梅竹马、两小无猜的童年友情生活，这种生活培育了他们共同一致的性格、理想及审美趣味。因此，当他们置身于大观园这种如诗似画的环境中，又接触到《西厢记》这种优美的戏曲，书中所描写的张生和莺莺对爱情的执着追求，无疑直接启示了宝黛内心深层的朦胧的爱的意识，可以说，宝黛的爱情觉醒与《西厢记》强大的艺术感染力具有直接的关系。

第四节　七嘴八舌说是非

同含蓄的宝姐姐相比，林妹妹的感情是外现的，宝玉挨了父亲的打，宝姐姐最多有些哽咽，林妹妹却把两个眼睛哭得像个桃子一般；宝玉雨夜来访，她要问打的是什么样的灯笼，嫌明瓦的不够亮，就把自己的绣球玻璃灯送给他，宝玉说自己也有一个，怕脚滑跌碎了，黛玉便说，是跌了人值钱，还是跌了灯值钱？即使在生气的时候，她也能留心到宝玉穿得单薄，这边还因吃醋和宝玉怄气，那边又亲力亲为，细心地替他戴上斗笠……

有人这样评价恋爱中的女性：黛玉这样的女子，集善解人意与蛮不讲理于一身，集聪明活泼与孤芳自赏于一身，她的性格有丰富的层次，活在现代社会，便是一个古怪精灵的奇女子，绝对不乏欣赏她的男人。

安妮宝贝在《漂亮女生》中写道：她会很直接，那种直接是纯真而尖锐的。你因为其中的纯真而不设防，所以也会因为其中的尖锐而受伤。这样的女子是有杀伤力的，同时她又是情绪化的。她不会太压抑自己的感情，高兴的时候会有缠人的甜蜜，悲伤的时候会泪如雨下。真性情的女子，总是容易带给别人爱情的感觉。

张爱玲说：有人说过"三大恨事"是"一恨鲥鱼多刺，二恨海棠无香"，第三件不记得了，也许因为我下意识的觉得应当是"三恨红楼梦未完"。

对于林黛玉而言，"爱情"到底意味着什么？蒋和森先生说，爱情就是林黛玉生活中的太阳；王昆仑先生说，没有恋爱生活就没有林黛玉的存在；周思源先生说，爱情就是林黛玉的生命。总而言之一句话，爱情就是林黛玉赖以生存的精神支柱。

读学者们对黛玉爱情的解读，就如进了百果园，摘下哪一颗果子尝尝都觉得甜，所以造成每一种果子都想咬一口。红学著作浩如烟海，建议大家不要见异思迁，最好抱着一个果子啃到核上。

我归纳了一下，对于林黛玉的爱情，评论者们多从三个方面入手解析。

第一，林黛玉对爱情的态度。

林黛玉持有什么样的爱情观，总结各家的观点主要集中在四点上。

一是"专一"。脂砚斋曾评点林黛玉为"情情"。所谓"情情"，大多数评论者的理解是"用情专一"，当然这里的专一是对贾宝玉而言。例如刘相雨先生说："黛玉的'情情'与宝玉的'情不情'的主要区别，在于宝玉'爱博而心劳'，他的爱是一种泛爱，而黛玉只对宝玉一人用情。"

二是"忠贞"。林黛玉从不看重功名富贵，也从不劝说宝玉求取功名，这正是两人相爱的基础与前提。段启明先生曾说："虽然金玉姻缘的巨大压力，使她蒙受着无穷的痛苦，但她坚贞不渝。"因为忠贞，黛玉甚至可以为爱情付出生命，正如王志先生说："林黛玉为情而生，又殉情而死，她对贾宝玉爱得真诚，爱得执着，始终如一。"

三是"纯洁"。宝黛爱情之所以可贵，根本性的原因就在于他们情感之间的纯洁性。正如郑佩芳先生说："黛玉虽然和宝玉情感很好，却从来严谨守礼，从不和宝玉胡来，更常言辞斥责，这是她的可敬之处。"

四是"不懈地追求"。在封建时代，女孩子敢爱就已经是"出格"的了，然而林黛玉不仅仅敢爱，还在不懈地追求。自从和宝玉之间萌发恋情就一发不可收拾，所以王增斌先生说："《红楼梦》中的林黛玉，一以贯之的思想是什么呢？那就是对爱情永存的希冀和不懈的追求。"

第二，宝黛爱情悲剧的原因。

林黛玉的爱情是动人的，因为她爱得那么浓烈，爱得那么哀婉，爱得那么撕心裂肺。然而人生不如意事常十八九，黛玉最终还是以无缘婚姻而告终，是谓悲剧。宝黛爱情悲剧的原因是什么呢？评论者们的观点主要集中在四个方面。

一是"人为原因"。所谓人为原因是指因为他人的阻碍或阴谋，最终导致了宝黛爱情悲剧的发生。那么这里的"他人"是谁？红学家们的观点不一，有认为是贾母的，例如蒋和森先生说："最后摧毁了这一纯洁美丽的爱情，偏偏不是那个使一切感到窒息的封建政治暴君——贾政，却仍然是这个曾经如此为贾宝玉祈求幸福，并且又是对林黛玉如此'口头心头，一刻不忘'的贾母。"有认为是王熙凤的，例如高鹗续写的后四十回中，就是王熙凤设计的"掉包计"导致了宝黛爱情的悲剧。有认为是贾元春，例如徐恭时先生说："拆散宝黛婚姻的是谁？原来是皇妃元春。"还有认为是赵姨娘的，例如周汝昌先生曾在他的代表作《红楼梦新证》中就提出了这一观点。

二是"自身原因"。所谓自身原因是指爱情悲剧应该由宝黛二人自己负责。评论者们认为，在宝黛二人身上有传统思想的烙印，这种烙印形成了他们致命的弱点。例如刘世德先生说："最鲜明的是贾宝玉、林黛玉在强大的封建势力面前，都不能坚强有力地维护自己的爱情。这又在林黛玉身上表现得更为明显。"林黛玉在封建势力下显得软弱，那么贾宝玉呢？陈节先生说，贾宝玉也是这样，而且还自觉不自觉地遵循着封建的家礼，所以"宝玉的不能彻底和封建观念决裂，也是原因之一。"

三是"阶级与家庭原因"。所谓阶级与家庭原因是指，宝黛爱情的悲剧归根结底是因为那个罪恶的封建阶级和礼教森严的家庭环境造成的。例如郭预衡先生说，宝黛爱情的悲剧，不是哪一个人造成的而是"家族的神圣势力，也就是政治势力，宝黛爱情悲剧，归根结蒂，还是个政治问题"。

四是"伦理与世俗原因"。所谓伦理与世俗原因是指除了政治因素以外，还有些世俗的观念导致了宝黛爱情的悲剧。早在清代周春的《红楼梦约评》中就指出了这一点，例如四大家族联络有亲，婚嫁成了他们一荣俱荣的资本。周春指出世俗嫁娶，没有不重财的，此时的林黛玉已经孤身一人，而薛宝钗家私丰厚，所以贾府的家长们最后选择了薛宝钗。

从评论林黛玉的文章来看，虽然上述四点是导致宝黛爱情悲剧的根源，但是评论者们往往不会单一地支持一种说法，而是将四方面融合起来分析。

第三，宝黛爱情悲剧的意义。

孙伟科先生曾经在《〈红楼梦〉美学阐释》一书中说："悲剧问题，是《红楼梦》美学的中心问题，不仅涉及结构，而且还与作品美感有关。"正如孙先生的解析，宝黛爱情的悲剧不仅仅是两个青年男女之间情感的悲剧，还是一个爱情悲剧与家族悲剧、青春悲剧与人生悲剧、历史意义的悲剧与哲学意义的悲剧的多位合一。

在众多的评论文章中，红学家们是怎么看待宝黛爱情悲剧的意义的呢？主要有两个方面，一是宝黛爱情悲剧能让我们看到一个时代的真实面貌。例如李中华先生说，宝黛的爱情闪烁着个人自由和个性解放的民主主义思想，"透过这一悲剧，可以看到一对觉醒青年正当的爱情是怎么被扼杀、被埋葬的"。另外一方面是从哲学命意上看，例如李庆之先生认为，十全十美只是人们的希望或者期盼，尽善尽美也是由人的主观愿望构成的假象，客观现实中并没有尽善尽美。"曹氏正是在这个最高的理性层次上来思考爱情的归宿问题，所以他不满足世人看到圆满结局的愿望，而示人以'美中不足'造成的遗憾"。

在讨论宝黛爱情悲剧的意义时，评论家们已经默认了一个前提，那就是宝黛的这段情感是"悲剧性"的。然而"悲剧性"的认定是以什么作为标准的呢？是以中国传统文化中"有情人终成眷属"的文化心态作为衡量标准的。正基于此，似乎绝大多数的中国读者都认为宝黛爱情没有婚嫁的结果就是一场悲剧。如果以这样的传统文化模式去审度《红楼梦》中的爱情，可能就会走向一个难以自拔的深渊。如果"难成眷属"就是悲剧，那么"终成眷属"就一定是幸福吗？我很赞同曹立波先生所说的一句话："从言情的角度而论，《红楼梦》就是在追求一种爱我所爱，无怨无悔的理想境界。"宝黛的爱情，是不是悲剧已经不太重要了，重要的是它让我们看到了超越成败，超越离合的爱情观。

第五节　宝黛爱情之我见

这一节主要讲三个问题：一是宝钗残缺的婚姻；二是黛玉完美的爱情；三是关于爱情与婚姻。

对摘引的评论家们的观点，我基本是认同的，但有几点我还是要申明一下。

一、宝钗残缺的婚姻

我们先看黛亡钗嫁这段情节。第九十七回《林黛玉焚稿断痴情　薛宝钗出闺成大礼》：

且说次日凤姐吃了早饭过来，便要试试宝玉，走进里间说道："宝兄弟大喜，老爷已择了吉日要给你娶亲了。你喜欢不喜欢？"宝玉听了，只管瞅着凤姐笑，微微的点点头儿。凤姐笑道："给你娶林妹妹过来好不好？"宝玉却大笑起来。凤姐看着，也断不透他是明白是糊涂，因又问道："老爷说你好了才给你娶林妹妹呢，若还是这么傻，便不给你娶了。"宝玉忽然正色道："我不傻，你才傻呢。"说着，便站起来说："我去瞧瞧林妹妹，叫他放心。"凤姐忙扶住了，说："林妹妹早知道了。他如今要做新媳妇了，自然害羞，不肯见你的。"宝玉道："娶过来他到底是见我不见？"……

凤姐又好笑，又着忙，心里想："袭人的话不差。提了林妹妹，虽说仍旧说些疯话，却觉得明白些。若真明白了，将来不是林妹妹，打破了这个灯虎儿，那饥荒才难打呢。"便忍笑说道："你好好儿的便见你，若是疯疯颠颠的，他就不见你了。"宝玉说道："我有一个心，前儿已交给林妹妹。他要过来，横竖给我带来，还放在我肚子里头。"凤姐听着竟是疯话，便出来看着贾母笑。贾母听了，又是笑，又是疼，便说道："我早听见了。如今且不用理他，叫袭人好好的安慰他。咱们走罢。"……

薛姨妈便问道："刚才我到老太太那里，宝哥儿出来请安还好好儿的，不过略瘦些，怎么你们说得很利害？"凤姐便道："其实也不怎么样，只是老太太悬心。目今老爷又要起身外任去，不知几年才来。老太太的意思，头一件叫老爷看着宝兄弟成了家也放心，二则也给宝兄弟冲冲喜，借大妹妹的金锁压压邪气，只怕就好了。"薛姨妈心里也愿意，只虑着宝钗委屈，便道："也使得，只是大家还要从长计较计较才好。"王夫人便按着凤姐的话和薛姨妈说，只说："姨太太这会子家里没人，不如把装奁一概全免。明日就打发蝌儿去告诉蟠儿，一面这里过门，一面给他变法儿撕掳官事。"并不提宝玉的心事，又说："姨太太，既作了亲，娶过来早早好一天，大家早放一天心。"正说着，只见贾母差鸳鸯过来候信。薛姨妈虽恐宝钗委屈，然也没法儿，又见这般光景，只得满口应承。鸳鸯回去回了贾母。贾母也甚喜欢，又叫鸳鸯过来求薛姨妈和宝钗说明原故，不叫他受委屈。薛姨妈也答应了。便议定凤姐夫妇作媒人。大家散了。王夫人姊妹不免又叙了半夜话儿。……

（凤姐）吩咐他们："不必走大门，只从园里从前开的便门内送去，我也就过去。这门离潇湘馆还远，倘别处的人见了，嘱咐他们不用在潇湘馆里提起。"众人答应着送礼而去。宝玉认以为真，心里大乐，精神便觉得好些，只是语言总有些疯傻。那过礼的回来都不提名说姓，因此上下人等虽都知道，只因凤姐吩咐，都不敢走漏风声。

……贾政吩咐了几句，宝玉答应了。贾政叫人扶他回去了，自己回到王夫人房中，又切实的叫王夫人管教儿子，断不可如前娇纵。明年乡试，务必叫他下场。王夫人一一的听了，也没提起别的，即忙命人扶了宝钗过来，行了新妇送行之礼，也不出房。其余内眷俱送至二门而回。贾珍等也受了一番训饬。大家举酒送行，一班子弟及晚辈亲友，直送至十里长亭而别。不言贾政起程赴任。且说宝玉回来，旧病陡发，更加昏愦，连饮食也不能进了。

无需再读了，黛玉濒死，宝钗成婚，都是凄凄惨惨戚戚。金玉良缘的结果是宝钗做了贾府的二奶奶，嫁的是一个名号，行的是一个黯淡的仪式，守着一个没有灵魂的躯壳。之后宝玉出家，宝钗更是过着守活寡的婚姻生活，薛姨妈在担心委屈了宝钗的同时，可曾体会得到宝钗内心的惨苦？

二、黛玉完美的爱情

曹雪芹在描写宝黛爱情时，打破了传统一见钟情式描写方式，运用细腻的笔触，渐进式地展现宝黛相恋的经历。杨绛先生说："宝玉和黛玉的恋爱始终只好是暗流，非但不敢明说，对自己都不敢承认。宝玉只在失神落魄的时候才大胆向黛玉说出'心病'。黛玉也只在迷失本性的时候才把心里的问题直截痛快地问出来。他们的情感平时都埋在心里，只在微琐的小事上流露。"

贾母说小孩子家总是猫一天狗一天。事实上，宝黛爱情正是在猫一天狗一天哭哭笑笑分分合合中发展成长起来的。例如第八回中，黛玉奚落宝玉听从宝钗的话，比圣旨还快；第十九回中，她取笑宝玉是否有"暖香"来配人家的"冷香"；第二十回中，黛玉讥笑宝玉若不是被宝钗绊住，早就飞来；第二十二回中，黛玉听见宝玉背后向湘云说她多心，因而气恼，和宝玉大吵；第二十六回中，黛玉去怡红院看宝玉，因晴雯不开门而心生误会；第二十八回中，黛玉说宝玉见了姐姐就把妹妹忘了；第二十九回中，宝黛二人自清虚观回来砸玉大闹，惊动了贾母王夫人。且看详情：

> 且说宝玉因见林黛玉又病了，心里放不下，饭也懒去吃，不时来问。林黛玉又怕他有个好歹，因说道："你只管看你的戏去，在家里作什么？"宝玉因昨日张道士提亲，心中大不受用，今听见林黛玉如此说，心里因想道："别人不知道我的心还可恕，连他也奚落起我来。"因此心中更比往日的烦恼加了百倍。若是别人跟前，断不能动这肝火，只是林黛玉说了这话，倒比往日别人说这话不同，由不得立刻沉下脸来，说道："我白认得了你。罢了，罢了！"林黛玉听说，便冷笑了两声，"我也知道白认得了我，那里像人家有什么配的上呢。"宝玉听了，便向前来直问到脸上："你这么说，是安心咒我天诛地灭？"林黛玉一时解不过这个话来。宝玉又道："昨儿还为这个赌了几回咒，今儿你到底又准我一句。我便天诛地灭，你又有什么益处？"林黛玉一闻此言，方想起上日的话来。今日原是自己说错了，又是着急，又是羞愧，便颤颤兢兢的说道："我要安心咒你，我也天诛地灭。何苦来！我知道，昨日张道士说亲，你怕阻了你的好姻缘，你心里生气，来拿我煞性子。"
>
> 那林黛玉偏生也是个有些痴病的，也每用假情试探。因你也将真心真意瞒了起来，只用假意，我也将真心真意瞒了起来，只用假意，如此两假

相逢，终有一真。其间琐琐碎碎，难保不有口角之争。即如此刻，宝玉的心内想的是："别人不知我的心，还有可恕，难道你就不想我的心里眼里只有你！你不能为我烦恼，反来以这话奚落堵我。可见我心里一时一刻白有你，你竟心里没我。"心里这意思，只是口里说不出来。那林黛玉心里想着："你心里自然有我，虽有金玉相对之说，你岂是重这邪说不重我的。我便时常提这'金玉'，你只管了然自若无闻的，方见得是待我重，而毫无此心了。如何我只一提'金玉'的事，你就着急，可知你心里时时有'金玉'，见我一提，你又怕我多心，故意着急，安心哄我。"

看来两个人原本是一个心，但都多生了枝叶，反弄成两个心了。那宝玉心中又想着："我不管怎么样都好，只要你随意，我便立刻因你死了也情愿。你知也罢，不知也罢，只由我的心，可见你方和我近，不和我远。"那林黛玉心里又想着："你只管你，你好我自好，你何必为我而自失。殊不知你失我自失。可见是你不叫我近你，有意叫我远你了。"如此看来，却都是求近之心，反弄成疏远之意。如此之话，皆他二人素习所存私心，也难备述。

如今只述他们外面的形容。那宝玉又听见他说"好姻缘"三个字，越发逆了己意，心里干噎，口里说不出话来，便赌气向颈上抓下通灵宝玉，咬牙狠命往地下一摔，道："什么捞什骨子，我砸了你完事！"偏生那玉坚硬非常，摔了一下，竟文风没动。宝玉见没摔碎，便回身找东西来砸。林黛玉见他如此，早已哭起来，说道："何苦来，你摔砸那哑吧物件。有砸他的，不如来砸我。"二人闹着，紫鹃雪雁等忙来解劝。后来见宝玉下死力砸玉，忙上来夺，又夺不下来，见比往日闹的大了，少不得去叫袭人。袭人忙赶了来，才夺了下来。宝玉冷笑道："我砸我的东西，与你们什么相干！"

袭人见他脸都气黄了，眼眉都变了，从来没气的这样，便拉着他的手，笑道："你同妹妹拌嘴，不犯着砸他，倘或砸坏了，叫他心里脸上怎么过的去？"林黛玉一行哭着，一行听了这话说到自己心坎儿上来，可见宝玉连袭人不如，越发伤心大哭起来。心里一烦恼，方才吃的香薷饮解暑汤便承受不住，"哇"的一声都吐了出来。紫鹃忙上来用手帕子接住，登时一口一口的把一块手帕子吐湿。雪雁忙上来捶。紫鹃道："虽然生气，姑娘到底也该保重着些。才吃了药好些，这会子因和宝二爷拌嘴，又吐出来。

倘或犯了病,宝二爷怎么过的去呢?"宝玉听了这话说到自己心坎儿上来,可见黛玉不如一紫鹃。又见林黛玉脸红头胀,一行啼哭,一行气凑,一行是泪,一行是汗,不胜怯弱。宝玉见了这般,又自己后悔方才不该同他较证,这会子他这样光景,我又替不了他。心里想着,也由不的滴下泪来了。袭人见他两个哭,由不得守着宝玉也心酸起来,又摸着宝玉的手冰凉,待要劝宝玉不哭罢,一则又恐宝玉有什么委曲闷在心里,二则又恐薄了林黛玉。不如大家一哭,就丢开手了,因此也流下泪来。紫鹃一面收拾了吐的药,一面拿扇子替林黛玉轻轻的扇着,见三个人都鸦雀无声,各人哭各人的,也由不得伤心起来,也拿手帕子擦泪。四个人都无言对泣。

这是两个人闹得最厉害的一回,也是在这一回,最能看出两个人的心思都在对方身上。谈恋爱就是这样,越是在意对方,越是不能宽假对方,越是容易动气。然而,每闹一次,双方感情就越近一步,直到双方关系基本明确,感情才会平稳下来。有意思的是,作者在这一回中居然一反常态,从作品背后站出来,对宝黛心理做了大段分析。

到第三十四回,宝玉赠旧帕,黛玉题诗,二人心上的话虽然没说出口,但彼此心领神会。到第三十五回,贾母称赞宝钗,尽管黛玉领会宝玉一番苦心,只怕命运不由他们作主,所以自叹:"我虽为你的知己,但恐不能久持;你纵为我的知己,奈我薄命何?"二人关爱备至,体贴入微,情感进入蜜月期。至第六十四回,宝玉劝黛玉保重身体,说了半句便咽住,黛玉又"心有所感",二人无言对泣。直至第七十九回,黛玉劝宝玉把《芙蓉女儿诔》里的句子改成"茜纱窗下,我本无缘;黄土陇中,卿何薄命",所伤晴雯,又焉知不是伤己?

宝钗的婚礼敲响了黛玉的丧钟。然而,这不是宝黛爱情的悲剧,而是宝黛爱情的完美谢幕。从"木石前盟"的传奇色彩,到青梅竹马的儿时玩伴;从情窦初开的相互吸引,到因爱生疑的撒娇斗气;从志同道合的感情基础,到情投意合的甜蜜恋爱;从相识到相知,从相恋到相思,可以说,黛玉拥有宝玉的初恋,拥有宝玉的全部情感,拥有至死不渝的忠贞。一个女人所向往所追求的恋爱经历,一一得以实现。

我们品读一下仓央嘉措写的爱情诗《第一最好不相见》:
第一最好不相见,如此便可不相恋。第二最好不相知,如此便可不相思。
第三最好不相伴,如此便可不相欠。第四最好不相惜,如此便可不相忆。

第五最好不相爱，如此便可不相弃。第六最好不相对，如此便可不相会。第七最好不相误，如此便可不相负。第八最好不相许，如此便可不相续。第九最好不相依，如此便可不相偎。第十最好不相遇，如此便可不相聚。但曾相见便相知，相见何如不见时。安得与君相诀绝，免教生死作相思。

相见、相知、相伴、相惜、相爱、相对、相误、相许、相依、相遇，诠释爱情的所有元素，黛玉都曾经历过，拥有过。爱着和被爱着，痛苦着并快乐着，从爱情的角度看，黛玉所拥有的已然臻于完美，了无遗憾了。

三、关于爱情与婚姻

爱情和婚姻本质上是两个概念。概念间的确有着依存的关系，但这关系是不确定的，或者本来就是概念的交叉。按照惯性思维，婚姻是爱情的归宿，爱情是婚姻的前提。然而这只是表象，爱情和婚姻的外延可能重合，但即便完全重合也是两个圈，图画在两个图层。

先谈谈爱情。在危地马拉丛林深处的提卡尔，矗立着一座神庙。它由史上最显贵的太阳王建造，代表着美洲最伟大的古文明——玛雅文明。这位君王活到了八十余岁，在公元720年葬于提卡尔神庙。他深爱着他的妻子，同时为妻子修建了一座神庙，正对着提卡尔神庙。每到春分或秋分，太阳在提卡尔神庙后升起，他妻子的神庙便浸浴在拖长的影子中。到了下午落日之时，他妻子的神庙的影子也会完全遮罩在提卡尔神庙上。直到1300年后的今天，这对恋人的陵墓依旧互相拥抱、亲吻。

玛雅人用这种死后的相守描绘着爱情，中国人则用生死相依述说着爱恋。"我住长江头，君住长江尾。日日思君不见君，共饮长江水。此水几时休，此恨何时已。只愿君心似我心，定不负相思意。"甚至会从牙缝里蹦出毒誓："山无陵，江水为竭，冬雷震震，夏雨雪，天地合，乃敢与君绝！"

爱情是美丽的，无论是西方的"罗密欧与朱丽叶"情结，还是中国古代"梁山伯与祝英台"的化蝶，彰显的都是人类最美好最纯洁的情感。之所以美好，是因为它体现了人类文化中最高尚最持久最令人向往的精神境界。之所以纯洁，是因为它超越了世俗，超越了道德，超越了金钱名利阶级地位等一切物质的束缚。

然而，在中国的古典文学中，虽然很早就有"死生契阔，与子成说，执子之手，与子偕老"白发相守的句子，也很早就有"乘彼垝垣，以望复关。不见复关，泣涕涟涟。既见复关，载笑载言"相思恨苦的句子，但爱情的表达多数情况下仍是很婉转很隐晦的，古人言爱，都是用"情"字替代，如"有情人终成眷属"，这种文化积淀，造成了中国男人想要说出"我爱你"三个字，总是很难的。

事实上，在人类发展中，爱情不是生来就被人认可的。比如十九世纪，奥奈达人（威斯康星州的印第安人）认为浪漫的爱情仅仅是被伪装的性欲，没有理由鼓励这种欺骗；以崇尚独立主义为宗旨的美国基督教派宣称浪漫之爱有损于尊严，并且威胁到更大团体的目标，因此试图阻止它；摩门教徒（一夫多妻制）在十九世纪也认为浪漫之爱是破坏性的。

所以，《红楼梦》中宝黛爱情悲剧的一个重要原因，就是在封建伦理道德的大纛之下，爱情是得不到尊重的。贾府上下所殷殷关注的，是宝玉的婚姻问题。

由于婚姻产生于私有制（对此学术问题我们不做详细介绍），所以它一直与人的财产关系密切相关，偏偏与爱情是无关的，它只是两性之间相互的一种契约，在婚姻必要条件里没有"心灵契合"。所以古代大多数婚姻都属于"先结婚，后恋爱"，或者本来就是"无爱婚姻"。

爱情和婚姻的温度是不同的，爱情是滚烫的，而婚姻却是温暖的。有人说"婚姻是爱情的坟墓"，显然这说法失之偏颇。钱钟书小说《围城》里说："婚姻就是一座城堡，城外的人想冲进去，城里的人想逃出来。"其目的还是在提醒人们，不要把对婚姻的理解简单化。《红楼梦》中宝钗的悲剧就在于，金玉良缘解决的是婚姻问题，却无关爱情。宝钗不懂爱情，只知婚姻。所以我们说，黛玉拥有完美的爱情，而宝钗拥有的是残缺的婚姻。

第五章　黛玉之死

第一节　黛玉之死情节回放

先了解一下贾府中自杀和病死的几个女子：
（1）秦可卿自缢而死；
（2）金钏投井自杀；
（3）司棋撞墙而死；
（4）尤三姐自刎而死；
（5）晴雯肺内感染而死。

请允许我先大段引用《红楼梦》章节，黛玉之死部分作者写得实在是太尽力了，用现在话说叫"吐血之作"。

第九十七回《林黛玉焚稿断痴情　薛宝钗出闺成大礼》：

  且说黛玉虽然服药，这病日重一日。紫鹃等在旁苦劝，说道："事情到了这个分儿，不得不说了。姑娘的心事，我们也都知道。至于意外之事是再没有的。姑娘不信，只拿宝玉的身子说起，这样大病，怎么做得亲呢？姑娘别听瞎话，自己安心保重才好。"黛玉微笑一笑，也不答言，又咳嗽数声，吐出好些血来。紫鹃等看去，只有一息奄奄，明知劝不过来，惟有守着流泪，天天三四趟去告诉贾母。鸳鸯测度贾母近日比前疼黛玉的心差了些，所以不常去回。况贾母这几日的心都在宝钗宝玉身上，不见黛玉的信儿也不大提起，只请太医调治罢了。

  黛玉向来病着，自贾母起，直到姊妹们的下人，常来问候。今见贾府中上下人等都不过来，连一个问的人都没有，睁开眼，只有紫鹃一人。自料万无生理，因挣扎着向紫鹃说道："妹妹，你是我最知心的，虽是老太太派你服侍我这几年，我拿你就当作我的亲妹妹。"说到这里，气又接不上来。紫鹃听了，一阵心酸，早哭得说不出话来。迟了半日，黛玉又一面喘一面说道："紫鹃妹妹，我躺着不受用，你扶起我来靠着坐坐才好。"紫鹃道："姑娘的身上不大好，起来又要抖搂着了。"黛玉听了，闭上眼不言语了。一时又要起来。紫鹃没法，只得同雪雁把他扶起，两边用软枕靠住，自己却倚在旁边。

  黛玉哪里坐得住，下身自觉硌得疼，狠命地撑着，叫过雪雁来道："我的诗本子。"说着又喘。雪雁料是要他前日所理的诗稿，因找来送到黛玉跟前。黛玉点点头儿，又抬眼看那箱子。雪雁不解，只是发怔。黛玉气得两眼直瞪，又咳嗽起来，又吐了一口血。黛玉瞧瞧，又闭了眼坐着，喘了一会子，又道："笼上火盆。"紫鹃打量他冷，因说道："姑娘躺下，多盖一件罢。那炭气只怕耽不住。"黛玉又摇头儿。雪雁只得笼上，搁在地下火盆架上。黛玉点头，意思叫挪到炕上来。雪雁只得端上来，出去拿那张火盆炕桌。那黛玉却又把身子欠起，紫鹃只得两只手来扶着他。黛玉这才将方才的绢子拿在手中，瞅着那火点点头儿，往上一撂。紫鹃唬了一跳，欲要抢时，两只手却不敢动。雪雁又出去拿火盆桌子，此时那绢子已经烧着了。紫鹃劝道："姑娘这是怎么说呢。"黛玉只作不闻，回手又把那诗稿拿起来，瞧了瞧又撂下了。紫鹃怕他也要烧，连忙将身倚住黛玉，腾出手来拿时，黛玉又早拾起，撂在火上。此时紫鹃却够不着，干急。雪雁正拿进桌子来，看见黛玉一撂，不知何物，赶忙抢时，那纸沾火就着，如何能够少待，早已烘烘地着了。雪雁也顾不得烧手，从火里抓起来撂在地下乱踩，却已烧得所余无几了。那黛玉把眼一闭，往后一仰，几乎不曾把紫鹃压倒。紫鹃连忙叫雪雁上来将黛玉扶着放倒，心里突突地乱跳。欲要叫人时，天又晚了；欲不叫人时，自己同着雪雁和鹦哥等几个小丫头，又怕一时有什么原故。好容易熬了一夜。

  到了次日早起，觉黛玉又缓过一点儿来。饭后，忽然又嗽又吐，又紧起来。紫鹃看着不祥了，连忙将雪雁等都叫进来看守，自己却来回贾母。那知到了贾母上房，静悄悄的，只有两三个老妈妈和几个做粗活的丫头在那里看屋子呢。紫鹃因问道："老太太呢？"那些人都说不知道。紫鹃听这话诧异，遂到宝玉屋里去看，竟也无人。遂问屋里的丫头，也说不知。紫鹃已知八九，"但这些人怎么竟这样狠毒冷淡！"又想到黛玉这几天竟连一个人问的也没有，越想越悲，索性激起一腔闷气来，一扭身便出来了。自己想了一想，"今日倒要看看宝玉是何形状！看他见了我怎么样过的去！那一年我说了一句谎话他就急病了，今日竟公然做出这件事来！可知天下男子之心真真是冰寒雪冷，令人切齿的！"一面走，一面想，早已来到怡红院。只见院门虚掩，里面却又寂静的很。紫鹃忽然想到："他要娶亲，自然是有新屋子的，但不知他这新屋子在何处？"

正在那里徘徊瞻顾，看见墨雨飞跑，紫鹃便叫住他。墨雨过来笑嘻嘻地道："姐姐在这里做什么？"紫鹃道："我听见宝二爷娶亲，我要来看看热闹儿。谁知不在这里，也不知是几儿。"墨雨悄悄地道："我这话只告诉姐姐，你可别告诉雪雁他们。上头吩咐了，连你们都不叫知道呢。就是今日夜里娶，那里是在这里，老爷派琏二爷另收拾了房子了。"说着又问："姐姐有什么事么？"紫鹃道："没什么事，你去罢。"墨雨仍旧飞跑去了。紫鹃自己也发了一回呆，忽然想起黛玉来，这时候还不知是死是活。因两泪汪汪，咬着牙发狠道："宝玉，我看他明儿死了，你算是躲得过不见了！你过了你那如心如意的事儿，拿什么脸来见我！"一面哭，一面走，呜呜咽咽地自回去了。

············

第九十八回《苦绛珠魂归离恨天　病神瑛泪洒相思地》：

却说宝玉成家的那一日，黛玉白日已昏晕过去，却心头口中一丝微气不断，把个李纨和紫鹃哭得死去活来。到了晚间，黛玉去又缓过来了，微微睁开眼，似有要水要汤的光景。此时雪雁已去，只有紫鹃和李纨在旁。紫鹃便端了一盏桂圆汤和的梨汁，用小银匙灌了两三匙。黛玉闭着眼静养了一会子，觉得心里似明似暗的。此时李纨见黛玉略缓，明知是回光返照的光景，却料着还有一半天耐头，自己回到稻香村料理了一回事情。

这里黛玉睁开眼一看，只有紫鹃和奶妈并几个小丫头在那里，便一手攥了紫鹃的手，使着劲说道："我是不中用的人了。你服侍我几年，我原指望咱们两个总在一处。不想我……"说着又喘了一会子，闭了眼歇着。紫鹃见他攥着不肯松手，自己也不敢挪动，看他的光景比早半天好些，只当还可以回转，听了这话，又寒了半截。半天，黛玉又说道："妹妹，我这里并没亲人。我的身子是干净的，你好歹叫他们送我回去。"说到这里又闭了眼不言语了。那手却渐渐紧了,喘成一处,只是出气大入气小,已经促疾得很了。

紫鹃忙了,连忙叫人请李纨,可巧探春来了。紫鹃见了,忙悄悄地说道:"三姑娘,瞧瞧林姑娘罢。"说着,泪如雨下。探春过来,摸了摸黛玉的手已经凉了,连目光也都散了。探春紫鹃正哭着叫人端水来给黛玉擦洗,李纨赶忙进来了。三个人才见了,不及说话。刚擦着,猛听黛玉直声叫道:"宝玉,宝玉,你好……"说到"好"字,便浑身冷汗,不作声了。紫鹃等急忙扶住,那汗愈出,身子便渐渐地冷了。探春李纨叫人乱着拢头穿衣,只见黛玉两眼一翻,呜呼,香魂一缕随风散,愁绪三更入梦遥!

不需要我解读,我已哽咽。请再听一遍《葬花吟》:
  天尽头,何处有香丘?
  未若锦囊收艳骨,一抔净土掩风流。
  质本洁来还洁去,强于污淖陷渠沟。
  尔今死去侬收葬,未卜侬身何日丧?
  侬今葬花人笑痴,他年葬侬知是谁?
  试看春残花渐落,便是红颜老死时;
  一朝春尽红颜老,花落人亡两不知!

黛玉的后一句遗言不完整,是对不在身边的宝玉说的,是直声叫出来的:"宝玉、宝玉,你好……"说到"好"字,便浑身冷汗,不作声了。当时黛玉气绝,正是宝玉娶宝钗的这个时辰。

大家都猜测她未说完的那个字是"狠"字,她在责怪宝玉"你好狠"。

第二节 黛玉死因观点述评

黛玉之死虽是高鹗续写,但是曹雪芹早就安排好了的。由于曹雪芹没有明确黛玉是怎样死的,这就给红学家们以极大的想象空间。

你对黛玉之死有何感触或有何评论?你联想到了什么诗句或什么人物?

你有什么补充材料或独到意见？请尽情表达。

自《红楼梦》问世以来，研究红学的人蔚为大观，红学著作怕是用"汗牛充栋"已不足以形容其著作之丰。黛玉之死更是众说纷纭，归纳起来大致有如下几种说法。

（一）钗嫁黛死说

现在我们看到的由高鹗续作的后四十回的黛玉结局，往往被说成是"黛死钗嫁"。其实这个文字上的并列结构在内容上和时间上有先后之分，并且具有了因果关系，因此不能不加以区别。钗嫁于九十七回，而黛死于九十八回，因此应该把顺序颠倒一下："钗嫁黛死"。这个结局写得十分成功，凄婉绝伦，悲切感人，把宝黛爱情悲剧推向高潮。

（二）泪尽夭亡说

俞平伯先生在他的《红楼梦研究》中说，一说泪枯，一说泪尽……可见在后半部有另一大段文章；而且说明黛玉之所以死，由于还泪而泪尽，似乎不和宝钗出闺成礼有何关联。俞平伯说，他曾怀疑曹雪芹后三十回的"原本"中应是黛玉先死，宝钗后嫁。

很多人赞同俞先生的意见。最重要的是，高鹗现在的写法虽然很感人，而且也符合宝钗遵奉长辈之命委曲求全忍辱负重的性格，但是这个被迫冒充黛玉的宝钗至少在客观上被许多读者误会为导致黛玉夭亡的责任者之一。

（三）上吊自尽说

理由是判词中有"玉带林中挂"一句，因此有人便据此认为林黛玉是在林子里上吊自杀的。

从审美角度观照，曹雪芹似乎不可能为自己最钟爱的少女林黛玉设计这样一种不美的死法。因为即使是他原来不大喜欢的秦可卿，还让她在天香楼里面而不是在外面的园子里上吊呢。在林子里挂着，多难看不说，以后大观园里晚上谁还敢走来走去！

（四）投水而死说

周汝昌、刘心武都道黛玉是死在了水里。但我不以为然。

黛玉自己也说过："撂在水里不好。你看这里的水干净，只一流出去，有人家的地方脏的臭的混倒，仍旧把花糟蹋了。那畸角上我有一个花冢，如今把他扫了，装在这绢袋里，拿土埋上，日久不过随土化了，岂不干净。"（第二十三回）

（五）身患绝症说

气弱血亏，劳怯之症。这一说法的代表人物是蒋和森，他的《林黛玉论》中说："我读《红楼梦》，第一遍时，觉得黛玉是生病死的。第二遍时，看出黛玉是失恋而死。读第三遍，知道前两次的印象都没错，又都不够全面。黛玉既是生病死的，又是失恋死的。失恋使她大病一场，使她病情不断加重，犹如雪上加霜，最终无法治愈。"

蒋和森是中国社会科学院研究生院教授、博士生导师，南京师范大学兼职教授，中国红楼梦学会副会长。

蒋先生的说法有一个致命的错误，就是黛玉从来没有失恋，宝玉也从没有移情别恋，他爱的只有黛玉一人。即使和宝钗结为夫妻，也不能作为宝玉不爱黛玉的证明。

第三节　黛玉之死之我见

公说公有理，婆说婆有理。上述说法都有一定的道理。我们前边曾引用过张爱玲的一句话：一恨鲥鱼多刺，二恨海棠无香，三恨红楼梦未完。金陵十二钗的结局，只能留给后人猜想。黛玉最终命运如何？如果着落在实处，则任何一种结局都有可能。无论是高鹗续书中广为接受的焚稿断痴情，还是周汝昌设想的投水自尽，甚至是文学评论家汪宏华先生考证出的嫁给北静王水溶，当了真正的"潇湘妃子"……现实中的悲剧，本来就有各种各样的表现形式。

但是，作为一个与大观园彼此依附、共生共存的理想人物，一旦大观园的理想世界被摧毁，黛玉的命运也就浮出水面了。事实上，曹雪芹是如此地深爱着自己所塑造出的黛玉这个角色，我们很难相信，他会像对待宝钗和袭人那样，将她推向外面那个肮脏的世界。"未若锦囊收艳骨，一抔净土掩风流。质本洁来还洁去，强于污淖陷渠沟。"在一切我们不愿看到的没发生之前死去，应该是曹雪芹为黛玉这个完美主义者所安排的最好的收梢。又因为黛玉的病是肺结核类型，在那个时代是很难治愈的，也活不长久，所以黛玉泪已尽，心已枯，身已损。在经历了完美的恋爱之后，一旦到了谈婚论嫁的时刻，黛玉势必要退出，她不可能以自己的病弱之躯拖累宝玉终身，因此应该是宝玉在侧执手，宝钗执帕拭泪，黛玉在病榻上含笑而逝，而非高鹗所续的"宝玉，你好狠"之类。非如此不能尽显曹公对黛玉之偏爱。这想法虽然过于理想，但，真爱就是这样伟大："吾爱汝至，所以为汝谋者惟恐未尽。"（林觉民《与妻书》）

附：天下第一情书——林觉民《与妻书》（选录）
意映卿卿如晤：

　　吾今以此书与汝永别矣！吾作此书时，尚是世中一人；汝看此书时，吾已成为阴间一鬼。吾作此书，泪珠和笔墨齐下，不能竟书而欲搁笔，又恐汝不察吾衷，谓吾忍舍汝而死，谓吾不知汝之不欲吾死也，故遂忍悲为汝言之。

　　吾至爱汝，即此爱汝一念，使吾勇于就死也。吾自遇汝以来，常愿天下有情人都成眷属；然遍地腥云，满街狼犬，称心快意，几家能彀？司马春衫，吾不能学太上之忘情也。语云：仁者"老吾老，以及人之老；幼吾幼，以及人之幼"。吾充吾爱汝之心，助天下人爱其所爱，所以敢先汝而死，不顾汝也。汝体吾此心，于啼泣之余，亦以天下人为念，当亦乐牺牲吾身与汝身之福利，为天下人谋永福也。汝其勿悲！

　　…………

　　吾平生未尝以吾所志语汝，是吾不是处；然语之，又恐汝日日为吾担忧。吾牺牲百死而不辞，而使汝担忧，的的非吾所忍。吾爱汝至，所以为汝谋者惟恐未尽。……

第六章 《红楼梦》的解读密码

本章开始将运用符号意识解读十二钗形象，探求曹公塑造黛玉形象的真实意图，体会《红楼梦》味中之味。

第一节 符号意识

首先申明解读《红楼梦》必需的三个意识。

一、整体意识

红楼梦刻画的是人物群像，不能割裂个体形象之间的关系谈形象意义。

固然，十二钗每一个人物都有独立的个性，都是鲜活的形象，但谈及形象意义的时候，就不能单摆浮戈地分析了。

如同天体的星系，既有自转，又有公转。要注意把握公转特点。

二、主体意识

在十二钗群像中，林黛玉是最突出的形象，也具有最重要的形象意义。因此要首先解读林黛玉的典型形象。其他形象具有伴生和互补意义，因此要在黛玉形象意义的基础上进行探讨。

如同星系的双星现象，有主星，有伴星，当然，还有行星和卫星。

三、符号意识

符号首先是一种象征物，用来指称和代表其他事物。其次符号是一种载体，它承载着交流双方发出的信息。

符号意识的表现与手法有如下内容：

表现：道具、人名、情节、形象

手法：双关、象征、暗喻、渲染

（一）道具符号

"玉"：在中国文化中，玉有一种君子之性，认为玉比较温润，金银要俗气得多。

在《红楼梦》里，这个"玉"的符号不断地呈现，三个主要人物中含有"玉"字，宝玉、黛玉、妙玉。从情节看，宝玉砸玉，佳人护玉，丢玉找玉，一系列情节围绕那块石头展开。曹公给人物起名字的时候，是在"玉"上下了大工夫的。试以黛玉的名字而言，黛玉是美玉，同时又是一块独特的玉，"黛"者，青黑色。如杜甫《古柏行》"霜皮溜雨四十围，黛色参天二千尺"，即指此也，从而象征着黛玉的不同凡俗。再看贾宝玉的名字，宝玉衔玉而诞，故名"宝玉"，"宝"有珍贵的意思，同时还有动词"珍视、珍惜、珍爱"之意。如《韩非子·解老》中有："吾有三宝，持而宝之。"所以宝玉的另一层含义，应该有珍爱呵护黛玉之意。妙玉的形象设置更是大有含义，"少女为妙"，我们在后文详加说明。总而言之，"玉"在作品中是一个最重要的文化符号。

（二）人名符号

人名也是一种人文符号。

（1）元春、迎春、探春、惜春，四姐妹谐音为"原应叹息"。

（2）贾雨村、甄士隐谐音为"假语村言，真事隐去"。

（3）贾政即"假正经"，言其乃"所谓正人君子"，秦可卿即"情可轻"也，言其无情有恨。

（4）霍启即"祸起"；冯渊即"逢冤"；詹光即"沾光"；单聘仁即"善骗人"；王仁即"无仁"，（王谐音亡，亡通无）；卜世仁即"不是人"。

"不是人"的情节见于第二十四回：贾芸母舅，香料铺主人。贾芸来求他赊些香料，他却冷笑道："再休提赊欠一事。"并作了一番不通情理的辩解。当贾芸翻出他从前曾吞没贾家房地产的旧账时，他赶紧说了一句言不由衷的话，接着又反派了一大通外甥的不是，直把贾芸气跑才了事。

脂砚斋批注说"卜世仁"这个庸俗市侩即"不是人"（庚辰本）。

有的使用了象征手法。

李纨，因贾珠早逝而青年寡居。李白在《拟古》诗有云："闺人理纨素。"纨，是指很细的丝织品。《说文》："纨，素也。"素，即白色，而李之花也正是白色。李纨与理纨谐音，寓指专心于女红针常。白色则象征其寡居、没有新鲜色彩的生活；同时又象征了她与世无争、淡泊权利、贤良贞淑、孤清自守的性格特征。

探春之"探"，象征她不甘心庶出地位，要凭机敏才干做一番事业的刚强性格；迎春之"迎"，象征她庸懦软弱、逆来顺受、被动退让、消极保守的脾性；惜春之"惜"，则象征了她自怜自私、孤僻廉介的个性。

（三）情节符号

（1）爆竹。元春的一个灯谜，引出了《红楼梦》无数灯谜的纷纷登场，那么元春的这个灯谜究竟说明了什么？她的灯谜内容是："能使妖魔胆尽摧，身如束帛气如雷。一声震得人方恐，回首相看已化灰。"

谜底"爆竹"。贾政沉思"此乃一响而散之物"，不吉利。曹雪芹借此暗喻元春的富贵是昙花一现。

（2）海棠。秋海棠又名"断肠花"。

宝玉所住的怡红院中有一株海棠，晴雯死的那年，海棠枯死；然而在不属于海棠花开的十一月里，这棵枯死的海棠开花了。

宝玉说："你们哪里知道，不但草木，凡天下之物，皆是有情有理的，也和人一样，得了知己，便极有灵验的。若用大题目比，就有孔子庙前之桧（guì），坟前之蓍（shī），诸葛祠前之柏，岳武穆坟前之松，这都是堂堂正大随人之正气，千古不磨之物。世乱则萎，世治则荣，几千百年了，枯而复生者几次，这岂不是兆应？小题目比，就有杨太真沉香亭之木芍药，端正楼之相思树，王昭君冢上之草，岂不也有灵验。所以这海棠亦应其人欲亡，故先就死了半边，反之亦然。"

（四）形象符号

"十二钗判词"综合运用双关、象征、暗喻、渲染等手法，暗示了人物命运。且看第五回《游幻境指迷十二钗　饮仙醪曲演红楼梦》：

大家入座，小丫鬟捧上茶来。宝玉自觉清香异味，纯美非常，因又问何名，警幻道："此茶出在放春山遣香洞，又以仙花灵叶上所带之宿露而烹，此茶名曰'千红一窟'。"宝玉听了，点头称赏。因看房内，瑶琴，宝鼎，古画，新诗，无所不有，更喜窗下亦有唾绒，奁间时渍粉污。壁上也见悬着一副对联，书云：

幽微灵秀地，无可奈何天。

宝玉看毕，无不羡慕。因又请问众仙姑姓名：一名痴梦仙姑，一名钟情大士，一名引愁金女，一名度恨菩提，各各道号不一。少刻，有小丫鬟来调桌安椅，设摆酒馔。真是：琼浆满泛玻璃盏，玉液浓斟琥珀杯。更不用再说那肴馔之盛。宝玉因闻得此酒清香甘冽，异乎寻常，又不禁相问。警幻道："此酒乃以百花之蕊，万木之汁，加以麟髓之醅，凤乳之麴酿成，因名为'万艳同杯'。"宝玉称赏不迭。

饮酒间，又有十二个舞女上来，请问演何词曲。警幻道："就将新制《红楼梦》十二支演上来。"舞女们答应了，便轻敲檀板，款按银筝，听他歌道是："开辟鸿蒙，谁为情种？都只为风月情浓。趁着这奈何天，伤怀日，寂寥时，试遣愚衷。因此上演出这怀金悼玉的《红楼梦》。"

千红一窟——千红一哭、万艳同杯——万艳同悲，怀金悼玉——《红楼梦》的主题就是"怀金悼玉"。"金"者为谁？"玉"者为谁？看过《红楼梦》的都清楚吧。

第二节　从"十二钗判词"看群钗命运

前边说到，《红楼梦》刻画的是群体形象，而林黛玉具有绝对的核心地位，这里的另一层含义就是，研究林黛玉，就不能不了解十二钗的性格与命运。从

"十二钗判词"可以粗略判断曹公最初的构想。从十二钗的符号特征，更可以清楚地看到林黛玉形象所具有的特殊意义。

有人说看《十二钗判词》就像在猜谜语，这就对了，因为作者使用的就是隐喻、双关、象征、暗示、谜格等制作谜语的常见手法，其中"玉带林"就用到了"卷帘格"和"素心格"，谜底为"林黛玉"。诸君，借用谜格来研究判词以及体会作者的符号意识，也许会对解读红楼千古之谜有所帮助。

十二钗判词，其他均是人各一词，唯有宝钗黛玉共享一词，其中必大有深意，此话留待后叙。

一、钗黛判词

　　可叹停机德，堪怜咏絮才。
　　玉带林中挂，金钗雪里埋。

文中先描写道："宝玉看"副册"仍是不解，又去看"正册"，见第一页上"画着两株枯木，木上悬着一围玉带；又有一堆雪，雪下一股金钗。"根据符号意识原理，我们很容易判断出，两株枯木是"林"字，雪谐"薛"音。

"停机德"是孟母劝子的故事，最早见于西汉时的《韩诗外传·卷九》，大意是说孟子小时候学习不专心，经常背书到一半就停下，孟子的母亲知道了，就当着他的面把自己正在织的布割断，以此比喻做任何事都不能半途而废，否则就前功尽弃。从此孟子念书再也不敢分心了。

另外《后汉书·列女传》上也有一个类似的故事：（乐羊子）远寻师学，一年来归。妻跪问其故，羊子曰："久行怀思，无他故也。"妻乃引刀趋机而言曰："此织生于蚕茧，成于机杼，一丝而累，以至于寸，累寸不已，遂至丈匹。今若断斯织也，则捐失成功，稽废时日。夫子积学，当日知其所亡，以就懿德。若中道而归，何异断斯织乎？"羊子感其言，复还终业，遂七年不返。

这个故事和孟母的事迹差不多，都是用割断正在织的布匹来比喻做事半途而废，前功尽弃，进行劝诫。判词第一句是说宝钗有封建女性最标准的品德。她"品格端方，容貌丰美"，"行为豁达，随分从时"，荣府主奴上下都喜欢她。作者又说她"罕言寡语，人谓藏愚；安分随时，自云守拙"，正是封建时代有教养的大家闺秀的典型。她能规劝宝玉读"圣贤"书，走"仕途经济"的道路，受到宝玉冷落也不计较。黛玉行酒令时脱口念出闺阁禁书《西厢记》《牡丹亭》里的话，她能偷偷提醒黛玉注意，还不让黛玉难堪。按当时贤惠女子的标准，她几乎达到无可挑剔的"完美"程度。但读者同这个"典型"往往有些隔阂，这是为什么呢？就是她对周围恶浊的环境太适应了，并且有时还不自觉地为恶势力帮一点小忙。如金钏被逼跳井后，她居然不动感情，反倒去安慰杀人凶手王夫人。有人评论说，她是个有尖不露、城府很深、一心想当"宝二奶奶"的阴谋家，这也似乎有些太过分了。她自己既是封建礼教的卫道士，又是个封建礼教的受害者。贾家败落后，她的结局也很惨，"金簪雪里埋"就是预示。"雪"有双层符号意义，一是谐音双关"薛"，二是语义双关"冷清、冷漠、冷酷"，应指宝钗的婚姻生活。可能是因为宝玉出家而孤寂冷清，也可能是宝玉因黛玉之死而心灰意冷，对宝钗不冷不热，还可能是宝玉将黛玉之死迁怒于宝钗，导致夫妻反目相视如仇。

第二句"咏絮才"用的是晋代谢道韫典故。

晋名将谢安，寒雪日内集，与儿女辈讲论文义。俄而雪骤，公欣然曰："白雪纷纷何所似？"兄子胡儿曰："撒盐空中差可拟。"兄女道韫曰："未若柳絮因风起。"公大笑乐。后人就用"咏絮之才"代指有文学才华的女性。

"咏絮才"是说林黛玉是个绝顶聪慧的才女，才冠群芳。

之前我们从黛玉才情一节已经充分体会到了黛玉的才华。这里"堪怜"二字须认真琢磨。与堪怜对应的是宝钗的可叹，可叹是站在旁观者角度对宝钗命运的感慨，而堪怜二字有强烈的惋惜之意，天生丽质，青春正好，不当去而去，天妒英才，毁玉于椟，恨苍天无眼，大地无情。天地之大，缘何不能容一弱女立足？这里，既透露了黛玉夭亡的信息，又流露了作者的不能承受之痛。

下句玉带林中挂，用"卷帘格"猜度，玉带林三字可解为林黛玉，林中挂则描绘出一种很凄楚的意象，无根无基，随风飘摇，预示林黛玉不能自主的悲剧命运。

下面我们再从"十二钗判词"看其他人物性格及命运。

二、元春判词

二十年来辨是非，榴花开处照宫闱。
三春争及初春景，虎兔相逢大梦归。

这一首说的是贾元春。

判词前面"画着一张弓,弓上挂着香橼"(弓字谐"宫"字,表明和宫廷有关;橼,一种叫佛手柑的植物,音 yuán,谐"元"字音)。

元春是贾家的大小姐,贾政的长女。她以"贤孝才德"被选进宫里做了女史(女官名),后来又被晋封为"凤藻宫尚书",加封"贤德妃",是荣府女性中政治地位最高的一位。贾家煊赫的势力,除靠祖宗功名基业外,还靠着家里出了"皇娘"这层重要关系。

"二十年",大约是说元春懂事以来的年龄。她从贵族之家到宫廷,政治上的是非兴衰见得多了。石榴花开在宫廷里,喻元春的荣耀。为了她归家省亲,竟然修造一座规模宏丽的皇家式的大观园,再看她元宵节归省时轰轰烈烈的盛大场面,简直无与伦比了。第三句是说,迎春、探春、惜春三姊妹的命运无法与元春相比,可是元春的结局也不妙,第四句有一点争议,其中一说是她在寅卯年之交就要一命呜呼。前三句极力渲染元春的荣耀,突然一句跌落下来,让你出一身冷汗。元春一死,靠山倒了,这个声名显赫经历百载的贵族之家就要迅速土崩瓦解。元春虽然在书中出现的次数很少,但她的存在与否与这个大家族的兴衰紧密相连。

三、迎春判词

> 子系中山狼,得志便猖狂。
> 金闺花柳质,一载赴黄粱。

这一首说的是贾迎春。

判词前"画着个恶狼,追扑一美女,欲啖之意"。这是暗示迎春要落在一个恶人手里被毁掉。

迎春是荣府大老爷贾赦的妾所生的女儿。她长得很美,虽然没有才华,但心地纯洁善良。因性格懦弱,寡言少语,又排行老二,人称"二木头"。后来她被其父许配给孙绍祖。孙绍祖的先人因有"不能了结之事",才拜在贾家门下,靠贾家的势力起家的。这个孙绍祖家资饶富,并且"应酬权变",在官场中很走运,正在兵部等待提升。孙绍祖品质恶劣,连贾政都不同意这门亲事,但贾赦不听。按文中说法,迎春是贾赦五千两银子卖掉的。原文如下:

那时迎春已来家好半日，孙家婆娘媳妇等人以待晚饭，打发回家去了。迎春方哭哭啼啼，在王夫人房中诉委屈，说："孙绍祖一味好色，好赌，酗酒，家中所有的媳妇丫头，将及淫遍。略劝过两三次，便骂我是'醋汁子老婆拧出来的'。又说老爷曾收着五千银子，不该使了他的。如今他来要了两三次不得，便指着我的脸说道：'你别和我充夫人娘子！你老子使了我五千银子，把你准折卖给我的。好不好，打你一顿，撵到下房里睡去。当日有你爷爷在时，希冀上我们的富贵，赶着相与的，论理我和你父亲是一辈，如今压着我的头晚了一辈，不该做了这门亲，倒没的叫人看着赶势利似的。'"一行说，一行哭的呜呜咽咽，连王夫人并众姊妹无不落泪。

以贾府的身份，五千两银子卖女儿，的确不可思议。但我们没有必要去考证此事真假，只是信着曹公便是。因为这一段属于典型的侧面描写，交代缘起，作者没有理由在这里故弄玄虚。迎春嫁过去之后，受尽种种虐待，一年之内就被折磨死了。

四、探春判词

才自精明志自高，生于末世运偏消。
清明涕泣江边望，千里东风一梦遥。

这一首说的是探春。

判词前"画着两人放风筝，一片大海，一只大船，船中有一女子掩面涕泣之状。"这幅画象征着探春像断线的风筝一样离别故土，船和海是暗示她远嫁的情境。

探春是贾政的妾赵姨娘生的。在贾家四姊妹中她排行老三，是最聪明、最有才干的一个。说她志向高，是她想有一番作为。"敏探春兴利除宿弊"一回，写她代凤姐管理大观园一段时间，把那么纷繁的事务，一宗宗一件件管理得井井有条，表现出不一般的才干，其精明几乎不在凤姐之下。

脂砚斋评说道："噫！事亦难矣哉！探春以姑娘之尊，以贾母之爱，以王夫人之付托，以凤姐之未谢事，暂代数月，而奸奴蜂起，内外欺侮，锱铢小事，突动风波，不亦难乎！以凤姐之聪明，以凤姐之才力，以凤姐之权术，以凤姐之贵宠，以凤姐之日夜焦劳，百般弥缝，犹不免骑虎难下，为移祸东吴之计，不亦难乎！况聪明才力不及凤姐，权术贵宠不及凤姐，焦劳弥缝不及凤姐，又无贾母之爱，姑娘之尊，太太之付托，而欲左支右吾，撑前达后，不更难乎！士方有志作一番事业，每读至此，不禁为之投书以起，三复流连而欲泣也！"（戚序本第五十五回）

探春平时最遗憾的是两件事，一是庶出，二是生为女儿身。她在封建观念影响下，以自己是"庶出"为耻；第五十五回探春管家一节有这样一段话："我但凡是个男人，可以出得去，我必早走了，立一番事业，那时自有我一番道理。偏我是女孩儿家，一句多话也没有我乱说的。太太满心里都知道。如今因看重我，才叫我照管家务。"她同姐姐迎春懦弱的性格截然相反，人称"玫瑰花"，带刺的玫瑰。在"抄检大观园"一回，她居然敢打那个大太太的陪房王善保家的一个大嘴巴！多么令人痛快！凤姐随意作践赵姨娘，可是对赵姨娘生的这个的女儿却丝毫不敢小看，还要"畏她五分"，独表敬重。

关于探春远嫁，学界争论不休，我们的原则是以高鹗续《红楼梦》为蓝本，各家说法都不足为证。小说第一百零九回写探春嫁到镇守海疆的大吏周琼府上。周家来求婚，贾政思忖：儿女姻缘果然有一定的。旧年因见他就了京职，又是同乡的人，素来相好，又见那孩子长得好，在席间原提起这件事。因未说定，也没有与他们说起。后来他调了海疆，大家也不说了。不料我今升任至此，他写书来问。我看起门户却也相当，与探春到也相配。

求亲书上写明：途路虽遥，一水可通。不敢云百辆之迎，敬备仙舟以俟。《红楼梦曲·分骨肉》起首曰："一帆风雨路三千，把骨肉家园齐来抛闪"。细味曲子，字字血、声声泪，分明是探春与家人永诀的口吻，"恐哭损残年"，"从今分两地，各自保平安"，深哀巨恸，别情戚戚。江淹《别赋》开篇有云："黯然销魂者，惟别而已矣。"这样一个才貌双全的娇小姐，随着家族没落，别亲抛家，远嫁海外，命运居然如此可怜。因为文中有几处写探春有王妃之命，所以有人不肯认同高鹗所续探春结局，非要让她做妃子，于是八七版电视连续剧《红楼梦》就让探春做了王府义女，拟王昭君出塞故事，替国家和亲去了。

五、惜春判词

勘破三春景不长，绍衣顿改昔年妆。

可怜绣户侯门女，独卧青灯古佛旁。

这一首说的是贾惜春。

判词前面的是"一所古庙，里面有一美人在内看经独坐"。喻惜春出家当尼姑。

惜春是宁国府贾敬的女儿，贾珍的胞妹。她是贾家四位千金中最小的一个，从小就厌恶世俗，向往当尼姑，小时爱和馒头庵的小尼姑智能儿玩，后来又和妙玉成了朋友。惜春眼看着当了娘娘的大姐元春短命夭亡，二姐迎春出嫁不久被折磨死，三姐探春远嫁异国他乡音信渺茫，都没有好遭遇，所以才"看破红尘"毅然出家的。王希廉说：迎春一味懦弱，探春主意老辣，惜春孤介性癖，三人身分不同，可知结果均异。

据脂砚斋的批语说，她将来要有"绍衣乞食"的经历，也就是要靠沿门托钵乞讨生活，真够可怜了。

在十二钗中，每一个人物身上都凝聚着一种独特的悲情命运。无论是多愁善感对生活充满悲伤的黛玉，还是大度宽和待人处世温和又绵里藏针却一生都没有得到宝玉爱情的宝钗，或是青春丧偶、对生活失去了憧憬和热情的李纨，或是争强好胜、处处不甘居人后却机关算尽卿卿性命的熙凤，她们的命运都发人深省，让人沉思。惜春生于钟鸣鼎食之家，长于诗礼簪缨之族，虽然作为一位幼年丧母的女儿之家，但有贵族小姐应有的文化教养。而在生活中，由于贾母的怜惜，也被抱在"这边"随同迎春、探春和宝玉在贾母老人家膝下承欢，这不能不说是命运对她的眷顾。然而这种眷顾只是暂时性的，随着林黛玉丧母投奔京师贾家，惜春的这种幸福命运也就结束了。所以在书中便有了对她生活的交待："原来近日贾母说孙女儿们太多了，一处挤着倒不方便，只留宝玉黛玉二人这边解闷，却将迎、探、惜三人移到王夫人这边屋后三边抱厦居住。"贾母态度的改变，自然会造成惜春命运的变化。薛姨妈就这样论贾府的人情世故："你这里人多口杂，说好话的人少，说歹话的人多，不说你无依无靠，为人做人配人疼，只说我们看老太太疼你就凫水巴结……"从这个侧面的描写中，我们不难看出，贾母的喜好在府内上下有如风向标，直接决定了人物命运。我们通观《红楼梦》，直接描写惜春的情节和内容很少，但同时可以发现，在关于重要人物和重要场面的描写中，惜春几乎每一次都是出场的。这让我们看到了一个事实，即无论在宁荣两府或是在大观园舞台中，惜春充当的始终是一个陪衬的角色。在贾府重大的家宴或是庆典活动中，她的出场都是静默无声的。在那里表演的主角永远轮不到她。她没有凤姐的伶牙俐齿，常在说笑中就博得了贾母的欢心；也没有宝钗的玲珑世故，故在以作为客人身份出场不久就以主角的身份登上了贾府权利和荣耀漩涡的核心位置；她也没有探春的机敏机警，在关键时刻站在王夫人的战线上，而为自己赢得了更多的余地和空间。她只是默默无闻地见证着那一幕幕悲欢离合的发生，她只是一次又一次地把参与作为这个家庭成员的义务，在事件的发生之后不得不把自己置身其中，而众人其实本就忽略了她的存在。她的青春和她的生命就是在这一次次作为看客的无意义的行为中延展并继续着。我们如果把惜春和黛玉的处境作一个对比就不难发现，其实惜春的处境与黛玉相比并没有什么优越之处，或者说还不如黛玉。她和黛玉同样是无父无母之人，而在贾府中，黛玉上有贾母的呵护照顾，中有宝玉的劝慰排遣，下有紫鹃赤胆忠心、无微不至地服侍和关怀。还有薛姨妈、王熙凤等人出于世故，善意的笼络和示好。与之相比，惜春什么都没有。然而她的性格却不似黛玉那般多愁善感，尽管倍受忽视和冷落，她始终倔强顽强地在这种冷漠的逆境中活着。这也就是她性格孤僻执拗的真正原因吧。

十二支曲词中，《虚花悟》是对应惜春的，作者借此将浮生若梦的悲观情绪表达淋漓尽致。

> 将那三春勘破，桃红柳绿待如何？
> 把这韶华打灭，觅那清淡天和。
> 说什么天上夭桃盛，云中杏蕊多，
> 到头来谁见把秋捱过？
> 则看那白杨村里人呜咽，
> 青枫林下鬼吟哦，
> 更兼着连天衰草遮坟墓。
> 这的是昨贫今富人劳碌，
> 春荣秋谢花折磨。
> 似这般生关死劫谁能躲？
> 闻说道西方宝树唤婆娑，
> 上结着长生果。

六、湘云判词

> 富贵又何为？襁褓之间父母违。
> 展眼吊斜晖，湘江水逝楚云飞。

这一首说的是史湘云。

判词前"画几缕飞云，一湾逝水"。"飞云"照应词中的"斜晖"，隐"云"字，"逝水"照应词中的"湘江"，隐"湘"字。

湘云是保龄侯尚书令史家的姑娘，即史太君的侄孙女。她生下不久，就失去父母慈爱，成为孤儿，在叔婶跟前长大。到大观园来，是她最高兴的时刻。在这里她大说大笑，又活泼，又调皮；可是一到回家时，情绪就顿时冷落下来，一再嘱咐宝玉提醒贾母常去接她，凄凄惶惶地洒泪而去，可见在家时日子过得很不痛快。这样一个健美开朗的女孩儿，结局如何呢？"展眼吊斜辉"，就是说她婚后的生活犹如美丽的晚霞转瞬即逝。

"水逝云飞"，可能是预示她早死或早寡，或者命运乖蹇。"因麒麟伏白首双星"一回，写她拣到宝玉丢的一只金麒麟，同她原有的金麒麟恰好配成一对。从回目"双星"的字样看，这肯定是对她未来婚姻生活的暗示。那么她的配偶是谁？是宝玉吗？似乎是，其实又不是。有些研究者根据"庚辰本"脂批："后数十回若兰在射圃所佩之麒麟正此麒麟也"，推断她可能同一个叫卫若兰的人结婚（第十四回秦可卿出丧时送葬的队伍里出现过一次"卫若兰"的名字）。或许后来宝玉把那只金麒麟再赠给卫若兰（犹如把袭人的汗巾赠给蒋玉菡一样，后来袭人就嫁给了蒋玉菡），也未可知。

又有一则清人笔记说，有一本《续红楼梦》写贾家势败后，宝玉几经沦落，最后同史湘云结婚。这可能就是从"因麒麟伏白首双星"推衍出来的，聊备谈资。

七、妙玉判词

> 欲洁何曾洁？云空未必空。
> 可怜金玉质，终陷淖泥中。

这一首说的是妙玉。

判词前"画着一块美玉，落在泥垢之中"。"美玉"就是"妙玉"，"泥垢"与判词中的"淖泥"都是喻不洁之地。

妙玉出身于苏州一个"读书仕宦之家"，因自小多病才出家当了尼姑。她"文墨也极通"，"模样又极好"，也是大观园中的一位姣姣者。说她"洁"，是因她嫌世俗社会纷纷扰扰不清净才遁入空门，这是一层含义；她又有"洁癖"，刘姥姥在她那里喝过一次茶，她竟要把刘姥姥用过的一只名贵的成窑杯子扔掉。她想一尘不染，但那个社会不会给她准备那样的条件，命运将把她安排到最不洁净的地方去（蟠香寺）。按规矩，出家就要"六根净除"，可她偏要"带发修行"，她内心深处从来没有追求到心静如水、花开见佛的境界。邢岫烟说她"僧不僧，俗不俗，女不女，男不男"，实际上就是说她不像一个出家人，她就像穿着袈裟的一个极其任性的千金小姐。第六十三回写宝玉过生日时，妙玉特意送来一张拜帖，上写："槛外人妙玉恭肃遥扣芳辰"。一个妙龄尼姑给一个贵公子拜寿，这在当时是荒唐的，似乎透露出她不自觉地对宝玉萌生了一种爱慕之意。这类地方把一个少女隐秘的心思写得极细。

作者写这些细节，不是要出妙玉的丑，不是对她进行谴责，而是充满了怜惜之情。一个才貌齐备的少女，冷清清地躲在庙里过着那种枯寂的生活，该是多么残酷！她的最后结局如何呢？有一条脂批说：

"瓜洲渡口……红颜固不能不屈从枯骨。"推测起来，她可能在荣府败落后流落到瓜洲，被某个老朽不堪的富翁（枯骨）买去作妾。这是多惨的悲剧。这应该是"终陷淖泥中"的含义，与高鹗续书写的被强盗掠去有别。

八、熙凤判词

> 凡鸟偏从末世来，都知爱慕此生才。
> 一从二令三人木，哭向金陵事更哀。

王熙凤的判词古奥得很，解说者甚多，但莫衷一是。问题出在对"一从二令三人木"的理解上。今天我也凑个热闹，猜猜这个谜。

我猜是"人人冷，众人牧"。

"一从二令三人木"从语法角度或逻辑角度分析都是没有意义的。根据前边分析，判词大多使用隐喻、象征、暗示、拆字、组字等手法，和猜谜一般无二。曹雪芹对灯谜制作颇有研究，甚至很懂古人玩的难度极大的射覆游戏。所以在十二钗判词中运用了多种手法，包括制谜面。今人解释不了王熙凤判词中的第三句，不是今人不聪明，是因为没有几位学者愿意研究这种登不得大雅之堂的谜语游戏，所以方法不对，故无从找到答案。恰巧老夫雅俗不忌，懂一点谜格，所以斗胆用谜格做一解释。

"一从二令"用的是拆字组字法，"从"为人人，"二令"为冷，这个谜面很多人都解释过，不再细说。单说这"三人木"，三人为众，谜底就是"众木"。通常理解，"众木"是说不通的，但是如果懂得"粉底格"，就恍然大悟，迎刃而解了。

"粉底格"别名白足格、素履格、立雪格、踏雪格、履霜格。其特点是谜底需两字（含两字）以上，末一字用谐音代替解释谜面。例如：

千年伤痕（打一国名）。谜底：古巴。伤痕为"疤"，谐音"巴"。

垂钓（打一数学名词）。谜底是"等于"，末一字"于"是白字，应为"鱼"。

"众木"，"木"作为白字，可以是"目""牧""慕""睦"等，但根据上下句内容，写的是王熙凤失势后的结局是悲惨的，"哭向金陵事更哀"，之前飞扬跋扈，人人敢怒不敢言，就像《红楼梦》第五十五回，平儿对管事媳妇们道："你们素日眼里没人，心术厉害，我这几年难道还不知道！二奶奶若是略差一点儿的，早被你们这些奶奶治倒了。"

贾琏十分器重的兴儿，在尤二姐与尤三姐面前，就说王熙凤"嘴甜心苦，两面三刀，上头一脸笑，脚下使绊子，明里一盆火，暗里一把刀"。

可见王熙凤得势时下人们尚且背地里议论，失势后自是墙倒众人推，恨不得踩上几脚。所以"众木"的谐音字用"牧"更合理，所牧者必为牛为马，为奴为婢，大有人人可以欺凌之意。如此和王熙凤的得势时相对比，更突出王熙凤结局之惨。

以上不知可否也算得一家之说。

判词前画的是"一片冰山，上面一只雌凤"。喻贾家的势力不过是座冰山，太阳一出就要消融。雌凤立在冰山上，脚下根基不牢。

王熙凤是贾雨村所得"护官符"上说的"龙王来请金陵王"的王家的小姐，嫁给荣府贾琏为妻。她的姑母是贾政的妻子，即宝玉之母王夫人。书中说金陵四大家族"皆连络有亲"，即指此等姻亲。

王熙凤掌荣府管家大权的时代，已是这个家族走下坡路的时期了。准备迎接元妃省亲时，凤姐慨叹："可恨我小几岁年纪，若早生二三十年，如今这些老人家也不薄我没见世面了。"可见书中写的富贵生活较之其家族鼎盛时期还差得远，接着又趋向衰亡，所以说她"偏从末世来"。王熙凤实际上是荣国府日常生活的轴心。她姿容美丽，秉性聪明，口齿伶俐，精明干练，秦可卿托梦时说她："你是脂粉队里的英雄，连那些束带顶冠的男子也不能过你。"秦可卿出丧时，她协理宁国府，就是在读者面前进行了一次大型表演。从千头万绪的混乱状态中，她一下子就找到关键所在，然后杀伐决断，三下五除二，就把宁国府里里外外整顿得井井有条，真有日理万机的才干。如果她是男人，可以在封建时代当个政治家。然而她心性歹毒，为了满足无止境的贪欲，克扣月银，放高利贷，接受巨额贿赂，为此可以杀人不眨眼，什么缺德的事全干得出来，是个吃人不吐骨头的女魔王。她的才能和她的罪恶像水和面揉在了一起。因此当贾家败落时，第一个倒霉的就是她，将要凄惨地结束其短暂的一生。

九、巧姐判词

势败休云贵，家亡莫论亲；
偶因济村妇，巧得遇恩人。

这一首说的是王熙凤的女儿巧姐。

判词前面的是"一座荒村野店，有一美人在那里纺绩"。这是暗示巧姐的最后结局是做一名勤苦操劳、艰辛度日的农妇。

巧姐是王熙凤的独生女。从锦衣玉食的公府千金，沦为喂猪打狗的农妇，这是多么大的变化！在作者看来，这也是命运的戏弄。有人根据甄士隐《好了歌解注》里"择膏粱，谁承望流落在烟花巷"一句的提示，推测巧姐要被卖到妓院为娼，后被刘姥姥救出，同刘姥姥的外孙板儿结为夫妇。这个推测从书中可以找到根据。第四十一回写巧姐和板儿交换柚子和佛手的情节，很可能是预示他们未来的关系。板儿是农家孩子，将来是农民无疑，嫁给他便要纺线织布。高鹗续书写贾环、贾芸、王仁等人设圈套要把巧姐卖给一个外藩的郡王做妾，刘姥姥偷着把巧姐接到乡下，由她作媒把巧姐嫁给一个大地主的儿子（并且是个秀才），和作者的原意就有相当距离了。

"势败休云贵，家亡莫论亲"，正是对上层社会人情冷暖、世态炎凉的慨叹。倒是刘姥姥这个穷老太婆，受人滴水之恩，常思涌泉以报，使人感到人性善良的一面。

十、可卿判词

情天情海幻情身，情既相逢必主淫。
漫言不肖皆荣出，造衅开端实在宁。

这一首说的是秦可卿。

判词前画着"高楼大厦，有一美人悬梁自缢"。这是暗示秦可卿的死是自杀的。

秦可卿是宁国府长孙贾蓉的妻子、贾珍的儿媳。她"生的袅娜纤巧，行事又温柔和平"，是贾母重孙媳妇中第一个得意的人。现在通行的《红楼梦》里是说她得病，久治无效死了。这同判词的预示完全矛盾。"情既相逢必主淫"，是说她有男女私通的丑事，并且因此"悬梁自缢"。有一条脂砚斋批语为我们解开了这个谜。甲戌本《石头记》第十三回脂批说："秦可卿淫丧天香楼，作者用史笔也。"这就明确说秦可卿是因丑事被迫在天香楼上吊自杀的，与判词及画一致。所谓"用史笔"，是说不明写，但字里行间有贬恶诛邪之意。脂砚斋是同曹雪芹关系极密切的人，他觉得秦可卿能够给凤姐托梦，对"贾家后事"料得准确，劝凤姐预留退步，其用心使脂砚斋"悲切感服"，原谅了秦可卿，因而"命芹溪（曹雪芹号）删去"了"淫丧天香楼"一节。后来作者又补写了秦可卿因病致死的过程。但删得不彻底，判词前的"画"的内容没改写，判词也没动。书中其他地方也留下蛛丝马迹，如第十三回写秦可卿死讯传出后，"彼时合家皆知，无不纳罕，都有些疑心"。如果是久病致死，大家都有精神准备，还"纳罕""疑心"什么呢？因此可以确定无疑地说，秦可卿是主动或被迫地堕落了，并因此丧命。那么她究竟同谁发生了不正当的关系呢？第七回里，宁府的奴才焦大喝醉酒耍酒疯，骂出了真话："我要往祠堂里哭太爷去！那承望到如今生下这些畜牲来，每日家偷鸡戏狗，爬灰的爬灰，养小叔子的养小叔子，我什么不知道！"这爬灰的就是秦可卿的公爹贾珍。秦可卿一死，"贾珍哭的泪人一般"，按封建礼法，这是不成体统的。这时贾珍的夫人尤氏又恰好"犯了旧疾，不能料理事务"，其实是心有所恨托病不出。贾珍坚持要殓以极珍贵的上等棺木，并拍手打掌地要尽其所有为一个年轻儿媳妇办丧事，闹得沸沸扬扬，惊天动地，都是蹊跷事。丫鬟瑞珠触柱而死，不大可能是出于对主子的忠心去"殉主"，恐怕与秦可卿的非正常死亡有关。很可能是她撞见了贾珍乱伦的丑事，惧怕贾珍，才自杀了。

《红楼梦》写了贾家水、代、文、玉、草五代人。第一代贾演、贾源，是创业的一代；第二代贾代善、贾代化，是守业的一代；第三代贾敬、贾赦、贾政，都是草包，开始走下坡路；第四代贾珍、贾琏等，奢侈淫乐，无恶不作，成为狗都不如的败类；第五代贾蓉、贾蔷一辈，就更提不起来了。《红楼梦》的悲剧在很大程度上是封建阶级后继无人的悲剧，"一代不如一代"的悲剧。作者在这里写贾珍一家的糜烂生活，不仅仅是谴责这种乱伦关系，而是要暴露以此为开端的全面的腐败堕落。

十一、李纨判词

> 桃李春风结子完，到头谁似一盆兰？
> 如冰水好空相妒，枉与他人作笑谈。

这首判词说的是李纨。

下面又有《晚韶华》一曲：

镜里恩情，更那堪梦里功名！那美韶华去之何迅，再休提绣帐鸳衾。只这戴珠冠，披凤袄，也抵不了无常性命。虽说是，人生莫受老来贫，也须要，阴骘积儿孙。气昂昂，头戴簪缨，光灿灿，胸悬金印，威赫赫，爵禄高登，——昏惨惨，黄泉路近！问古来将相可还存？也只是虚名儿后人钦敬。

判词画面是：一盆茂兰，旁有一位凤冠霞帔的美人。

李纨的判词需要词、曲、画三者与小说情节结合起来理解。第一句"桃李春风结子完"，应指李纨和贾珠婚后短暂的幸福的生活，暗指贾珠早亡。李纨守寡，侍亲教子，是一个世人眼中没有福气可怜巴巴的女人。第二句"到头谁似一盆兰"告诉我们，在人人眼中不幸的女人，其实比任何人都更幸运，因为她有一个有出息的儿子。贾府第五代中最出息的就是贾兰。第三句话"如冰水好空相妒"似乎最费解，像王熙凤的"一从二令三人木"一样费解。其实是学者们想多了，这句话实际上是评价性语句，评述的是李纨幸运的原因，用《晚韶华》曲中话说，是"虽说是，人生莫受老来贫，也须要，阴骘积儿孙"。也就是说，贾兰的发达是李纨守妇德做善事识大体顾大局做好人攒下的，"如冰水好"说的是母子关系，冰是贾兰，水是李纨。"冰，水为之，而寒于水"，是说李纨的基因好，修养好，别人想学学不来，想得得不到，空相妒是李纨嫉妒他人家庭美满，而他人却在嫉妒李纨有一个好儿子。"枉与他人作笑谈"是对李纨的寡居命运与"空相妒"心态做评说，旧时认为寡妇都是命不好，长着克夫相，遭人背后议论的。而李纨深居简出，自卑心理很重，自叹命苦，暗暗羡慕别人，竟不知自己将来母因子贵，最是有福之人。这种是非颠倒好歹不分的表现被人当作谈资。"虚花悟"后几句是作者对荣华富贵的看法，和《好了歌》中"荒冢一堆草没了"含义相同，与李纨命运无关。

  学界对《十二钗判词》争议颇多，我只是谈我个人的理解，一孔之见，绝不强加于诸位。学术问题就像嗑瓜子，聚在一起，听得见对方的响动，却不可能尽享对方嘴里的滋味。所能达成一致的，就是一地瓜子皮混在一起，分不清谁是谁的。

屈子离骚，古今绝艺；

　　沧海日，赤城霞，峨眉雾，巫山云，洞庭月，彭蠡烟，潇湘雨，广陵涛，庐山瀑布，宇宙奇观。

司马迁盛赞其品行高洁，将屈原的人格推向巅峰："推此志也，虽与日月争光可也。"

作为古代知识分子的屈原，其典型特征和林黛玉竟有很多相似之处。我们不妨比照一下。

首先是生存环境：

黛玉："一年三百六十日，风刀霜剑严相逼。"

屈原："谗谄之蔽明也，邪曲之害公也，方正之不容也，故忧愁幽思而作《离骚》。"

其次是性格孤高傲世：

黛玉："孤标傲世偕谁隐，一样花开为底迟。"

屈原："举世皆浊而我独清，众人皆醉而我独醒。"

再次是坚贞自守：

黛玉："质本洁来还洁去，不教污淖陷渠沟。"

屈原："自疏濯淖污泥之中，蝉蜕于浊秽，以浮游尘埃之外，不获世之滋垢，皭然泥而不滓者也。"（《史记·屈原列传》）

"吾不能变心以从俗兮，故将愁苦而终穷。"（《涉江》）

最后是生死抉择：

黛玉："未若锦囊收艳骨，一抔净土掩风流！"

屈原："宁赴常流而葬乎江鱼腹中耳，又安能以皓皓之白而蒙世俗之温蠖乎。"（《史记·屈原列传》）

同样的世俗环境压力，难以容身；同样的性格高傲，不肯媚俗；同样的坚贞自守，不改初衷；同样的捍卫尊严，以死明志。

是屈原转世为黛玉耶？是黛玉化身为屈原耶？

二、林黛玉与嵇康

黛玉：才华横溢，性情率真，孤高傲世，崇尚自由。

嵇康：广通博览，轻肆直言，轻时傲世，越名教而任自然。

黛玉天生丽质，聪慧过人，故其才华横溢。

嵇康则博学多识，能诗善文。《晋书》说嵇康"学不师授，博览无不该通"。学问名气很大，这也是钟会拿着自己撰写的《四本论》去请教嵇康的缘故。顺便说一句，嵇康还是美男子。

黛玉性情率直，语多讥诮，带醋含酸。

嵇康刚肠疾恶，轻肆直言，遇事而发。

南朝刘勰《文心雕龙》评嵇康诗为："嵇志清峻。"其中《体性》篇说："叔夜峻侠，故兴高而采烈。""峻"是"严酷，严厉"的意思，都是指嵇康说话伤人。这与黛玉性格颇有相似之处。

《世说新语》记载：钟会撰写完《四本论》时，想求嵇康一见，可又怕嵇康看不上，情急之中，竟"于户外遥掷，便回急走"。钟会做了司隶后再次造访嵇康，嵇康仍不加理睬，继续"锻铁"，一副旁若无人的样子。钟会觉得无趣，于是悻悻地离开。嵇康在这个时候终于说话，他问钟会："何所闻而来，何所见而去？"钟会回答："闻所闻而来，见所见而去。"魏晋名士崇尚玄学，讲究机锋，故有此番问答。钟会对此记恨在心。

所以嵇康去苏门山跟随世外高人孙登游学三年，孙登始终不语，直到临别孙登告诫嵇康："你性情刚烈而才气俊杰，怎么能免除灾祸啊！"

黛玉常孤高傲世，目无下尘。

嵇康则轻时傲世，超凡脱俗。

《与山巨源绝交书》中表达出他自己有"九不堪"的地方，其中有"不喜吊丧，而人道以此为重，己未见怨者所怨，至欲见中伤者；虽瞿然自责，然性不可化，欲降心顺俗，则诡故不情，亦终不能获无咎无誉"。嵇康表述自己不能胜任出仕的一个重要理由就是不好交接世俗，不善随波逐流，一定不能被同僚们所容纳。其实这里嵇康说的已经很客气了，以嵇康的性格，一个"傲"字就足够别人受的了。我们都知道"阮狂嵇傲"，狂者，不通人伦，自我张扬，如痴似颠，自毁形象而已，在别人眼里只当笑谈，并不伤人，所以阮籍借此以自保。"傲"则不同，本义是形容踮脚抬头，昂首挺胸，和人说话时下巴抬起的样子。引申为自高自大，藐视他人。所以"傲"讲的是与他人的关系，傲慢地对待世人，有寻衅之意，给他人造成一种压迫感，屈辱感。还引申为不屈服不妥协，不向强大势力低头，因此无奈他者必怀恨，有淫威者非报复不可。

钟会对嵇康的傲慢无礼，隐忍多年，终于在嵇康为吕安案件说情的时候实施了报复，使嵇康招致杀身之祸。钟会给司马昭进言说："康上不臣天子，下不事王侯，轻时傲世，不为物用，今不诛康，无以清洁王道。"钟会这是"置之死地而后快"。嵇康不事王侯，就是蔑视皇权，蔑视司马昭，司马昭如何能饶得过嵇康，以致三千名流学士广场游行请愿也未能免"广陵绝响"。

黛玉：崇尚自由。

嵇康：崇尚老庄，主张"越名教而任自然"。

黛玉身为女孩，不能参与仕途，但对仕途还是有很明显的立场。与其他几位女主对比，宝钗本来进京就是来参选秀女的，之后又协同探春管家，最后又做了管家的二奶奶，算是"走仕途"的。探春是一个有胆有识，富有政治头脑的女性，目睹贾府衰败，痛在心里，只恨自己不能为男儿身。第七十四回《抄检大观园》一章，探春说："可知这样大族人家，若从外头杀来，一时是杀不死的，这是古人曾说的'百足之虫，死而不僵'，必须先从家里自杀自灭起来，才能一败涂地！"

史湘云也曾劝宝玉读书仕进，宝玉就不耐烦了："姑娘请别的姐妹屋里坐坐，我这里仔细污了你和经济学问的。"于是作者又特意把黛玉的态度引出来，凸显了黛玉对仕进的态度："林姑娘从来说过这些混账话不曾？若她也说过这些混账话，我早和她生分了。"

宝玉之所以喜欢黛玉，很大成分上是因为他们志同道合，都有淡泊名利、追求自由的民主意识。

嵇康"非汤武""薄周孔"，"长好老庄"。他在《难自然好学论》明言："六经以抑引为主，人性以从欲为欢；抑引则违其愿，从欲则得自然。"在《养生论》中说："夫气静神虚者，心不存于矜尚；体亮心达者，情不系于所欲。矜尚不存乎心，故能越名教而任自然；情不系于所欲，故能审贵贱而通物情。"意思是淡泊名利，不为物欲左右，才能达到顺乎自然的境界。于是才有了"目送归鸿，手挥五弦，俯仰自得，游心太玄"的竹林生活。

从上面分析可以看出，除了性格的相似，黛玉与嵇康在思想上也多有契合。

三、林黛玉与苏轼

黛玉：才华横溢，性情率真，孤高傲世，崇尚自由。

东坡：文才盖世，锋芒毕露，不合时宜，政治幼稚。

历代古人包括苏轼本人对"东坡式"文人性格都有经典论断。

（1）文才盖世："中秋词自东坡《水调歌头》一出，余词尽废"。（《苕溪渔隐丛话》宋人胡仔）

（2）锋芒毕露：心直口快，得罪人而不自知，"门前恶语谁传去，醉后狂歌不自知"。（苏轼）

（3）不合时宜："临事必以正，不能俯仰随俗"。（苏辙）

黄庭坚曾批评苏轼说："东坡文章妙天下，其短处在好骂，慎勿袭其轨也。"南宋陈岩肖说："坡为人慷慨疾恶，亦时见于诗，有古人规讽体。"

明人曹臣所编《舌华录》载，苏轼一日饭后散步，拍着肚皮，问左右侍婢："你们说说看，此中所装何物？"一婢女应声道："都是文章。"苏轼不以为然。另一婢女答道："满腹智慧。"苏轼也以为不够恰当。爱妾朝云回答说："学士一肚皮不合时宜。"苏轼捧腹大笑。

（4）政治幼稚：仕途多舛。党争中上下得罪，缺少心机。

乌台诗案：元丰二年（1079年），苏轼移任湖州，七月遭御史台所派遣的皇甫遵等人逮捕入狱，他们指证苏轼在诗文中歪曲事实，诽谤朝廷。御史李定、何正臣等人，举出苏轼的《杭州纪事诗》做为证据，说他"玩弄朝廷，讥嘲国家大事"。苏轼在御史台内遭到严刑拷问，拘禁百日，后蒙宋神宗的恩赐被判流放黄州，任团练副使且不得签署公事。后人把这桩案件始末编纂为一部"乌台诗案"。

相士说他"一双学士眼，半个配军头"。

苏轼心直口快，不能俯仰随俗，上下得罪。观黛玉之为人处世，当是一个活脱脱苏轼再世。

通过上述比对，我们不难发现，尽管他们的时代不同，生活道路不同，但他们的性格与命运却有着本质的相同。所以有人说，林黛玉就是屈原的化身；所以有人说，黛玉身上有名士之风，绝少烟火之气；所以有人说，黛玉若生在宋代，绝不会是李清照，必步苏轼之轨迹。所以有人说，曹雪芹就是小说之外的林黛玉。

第三节　通过求同法看古代文人的性格及命运

运用性格比对研究的方法，对黛玉性格和几位典型文人形象做了比对，这种比对具有强烈的符号性特点，沿着这条线索追寻，我又联想到更多的文人。下面我们再做第二项比对。

（1）庄子：庄子在濮水钓鱼，楚王派两位大夫前往表达心意，请他做官，他们对庄子说："希望能用全境的政务来劳烦您。"庄子拿着鱼竿不回头看他们，说："我听说楚国有一只神龟，国王准备将它珍藏在庙堂上以显其尊贵。你们说神龟作何选择呢？"两位大夫说："宁愿活在烂泥里拖着尾巴爬行。"庄子说："那你们回去吧！"在有条件的尊贵与精神的绝对自由中，庄子为后世文人指出了方向。

（2）张翰：据《晋书·张翰传》记载："翰因见秋风起，乃思吴中菰菜、莼羹、鲈鱼脍，曰：'人生贵适志，何能羁宦数千里，以邀名爵乎？'遂命驾而归。""江上秋风动客情"，于是脱掉官帽，动身回乡，荣华富贵无可羁绊，名利于我如浮云，你们看这算不算任性？是不是比"世界这么大，我想去看看"更任性？

（3）阮籍：阮籍爱喝酒，他家旁边就是酒馆，女主人是个年轻漂亮的小媳妇。阮籍常和朋友去吃酒，醉了就若无其事地躺在人家旁边睡着了，根本不避嫌。那家的丈夫也不认为他有什么不轨的行为。魏晋时期，男女授受不亲被认为是理所当然的事，可是阮籍全不放在眼里。一次，他嫂子要回娘家，阮籍不仅为嫂子饯行，还特地送她上路。面对旁人的闲话、非议，阮籍说："礼法难道是为我辈设的吗？"如此蔑视礼法，狂不狂？

（4）陶潜：那一年，已过"不惑之年"的陶渊明在朋友的劝说下，再次出任彭泽县令。到任八十一天，碰到浔阳郡派遣督邮来检查公务，浔阳郡的督邮刘云，以凶残贪婪闻名远近，每年两次以巡视为名向辖县索要贿赂，每次都是满载而归，否则栽赃陷害。县吏说："当束带迎之。"陶渊明叹道："我岂能为五斗米向乡里小儿折腰。"说完，挂冠而去，辞职归乡。此后，他一面读书为文，一面躬耕陇亩。

（5）韩愈：被后世誉为"文坛泰斗"，陶宗仪评价说："通六经百家学，作文章与孟轲扬雄相表里。"然性格"木讷刚直，昂然不肯少屈"。文章之"发言真率，无所畏避"。有时"鲠言无所忌"。白居易说他"学术精博，文力雄健，立词措意，有班、马之风，求之一时，甚不易得。加以性方道直，介然有守，不交势利，自致名望。可使执简，列为史官，记事书法，必无所苟"。

（6）金圣叹：金圣叹是个怪才，狂放不羁，恃才傲物。能诗能文，犹善文学评论，他选定了"六才子书"，详细评点了其中的《水浒传》和《西厢记》。清代廖燕所作《金圣叹先生传》中说："予读先生所评诸书，领异标新，迥出意表，觉千百年来，至此始开生面。呜呼！何其贤哉。"金圣叹原名采，明朝亡后，绝意仕进，以读书著述为乐。便改名为金圣叹，即"金人在上，圣人焉能不叹"的意思。因对长洲知县搜刮民财、盗卖库粮不满，顺治十七年与诸生聚合孔庙行哭以示抗议，蒙冤入狱，终以"哭庙"案被斩杀于南京。临死还留下"黄泉无旅店，今夜宿谁家"的断头诗。

广义地讲，中国古代文人大抵分作三类，一类是具有强烈的家国情怀，渴望建功立业，或以身许国，或埋头苦干，或为民请命，如孔子、屈原、苏武、陈子昂、杜甫、范仲淹、辛弃疾、岳飞、于谦、林则徐，他们可谓之中国的脊梁。第二类，就是才华卓越，个性极强，不谄上，不媚俗，安贫乐道，追求知识分子人格独立，追求精神绝对自由的一群。上边所列举的庄子直到金圣叹们，都是这第二类人。第三类是汲汲于名利富贵，惕惕于宦海浮沉，他们是古代文人的绝大部分，所以古代中国的统治是他们在维系着。他们虽无远见卓识雄才大略，却有着绞杀杰出英才的势能，他们也就是屈原难以立足的泥淖，陶渊明厌弃的官场，苏东坡难以冲出的重围。第二类人由于个性与所在朝代执政者的理念冲突，特别是与第三类人势不两立，他们清醒地认识到官场黑暗和污浊，却又无法放弃对理想世界的追求，无法改变骨子里那份高傲，"终不能变心以从俗"，所以自疏泥淖之中，出淤泥而不染，"质本洁来还洁去"，"虽九死其犹未悔"。也正因此，他们也都有一个共性——悲剧结局。

第一类文人与第二类文人性格大抵相同，不同的是他们的思想。第一类抱有匡世济民的态度，积极入世，第二类则更多地尊奉黄老，对社会产生了悲观绝望的情绪，故而消极避世。而他们的性格和命运却大抵相同。第三类文人因为极端的自私与功利，沦为政客，因而习惯上把他们从知识分子行列剔除，只作政客看待。此话后边再叙。

第一类和第二类文人统称之为中国古代文人。所以，抛开思想倾向不谈，从古代文人性格命运入手，我们可以得出这样一个结论：林黛玉就是中国古代文人性格与命运的艺术符号。

第八章 钗黛关系——矛盾的一体两面

我们继续运用比对法研究人物关系。

主要观点：

黛玉是中国古代知识分子性格与命运的艺术符号；

黛玉是核心形象，群钗皆为黛影；

钗黛关系是古代文人思想性格的一体两面。

第一节 什么是矛盾的一体两面

哲学中所讲的"矛盾"是指事物普遍存在的相互对立统一的关系。需要注意的是矛盾首先是"成对"的，其次是在同一层面产生的，一切关系都是相对的。不同事物之间存在的矛盾关系叫"两体矛盾"，事物内部存在的矛盾关系叫"矛盾的一体两面"。比如你和我属于"两体矛盾"，而我性格中的"善"与"恶"就构成了"矛盾的一体两面"。

在宝黛钗三者关系中，如果把他们作为生命个体，他们当然是两两对立的，形成了黛玉和宝玉的"木"与"石"、宝钗和宝玉的"金"与"玉"、宝钗和黛玉的"钗"与"黛"关系。但是，如果我们把宝钗和黛玉纳入到"中国古代文人思想性格"这个框架下，我们发现，宝钗和黛玉的形象就构成了中国古代文人思想性格矛盾着的两个方面，即"才"与"德"、"热"与"冷"、"刚"与"柔"、"叛逆"与"保守"、"清高"与"世俗"、"清醒"与"麻木"、"爱情"与"婚姻"、"出世"与"入世"等诸多矛盾。这些矛盾形成了中国古代文人的两面性，这种两面性是他们人生始终在纠结的根本原因。

因此，我们只要证明钗黛本是一体，就可以明确二者之间的关系了。

《红楼梦》如一张庞大的璇玑图，你可以像余英时那样找到"理想世界与现实世界"两条经纬，可以像林语堂那样找到"飘逸与世故，闲适与谨饬，自在与拘束，放逸与守礼"的平行的轨迹，也可以找到儒与道，情与淫，真与幻，悲与喜，周到与冷漠，童贞赤子的痴与洞明世情的黠，大处的沉静与零碎的感动，以及洁与浊等。它的复杂难辨还不仅在其经纬细密，更在于被编织在这些经纬网中的所有人与事，量级等次重叠，相互循环说明，即使单是这些经纬也如草蛇灰线，而且往往于千里之外埋伏着。

第二节　从"十二钗判词"分析钗黛一体的可能性

前边分析十二钗判词重在强调十二钗的人物性格及命运，本节重点分析十二钗与林黛玉的关系。

十二钗判词共有十一章，众姐妹均为一人一词，唯独宝钗和黛玉纳入同一判词中。作者如此安排，意欲何为？

我们再复习一下对钗黛判词的理解。

可叹停机德，堪怜咏絮才。

玉带林中挂，金簪雪里埋。

停机德乃为妇德，是封建社会对妇女的道德要求，安守本分，相夫教子。是当时统治者所需要的妇德标准。咏絮才则是才华的代称，是超越一般女性生活技能的特殊才能，是当时统治者所排斥的，贾母就说，"念的什么书，只不过些许认得几个字，不是睁眼瞎罢了。"

古人形容一个完美的知识分子总是用德才兼备这样的词语，司马光在《资治通鉴·周纪》中还专门讨论过"德"与"才"的关系，其中有这样的句子："才者，德之资也；德者，才之帅也。""是故才德全尽谓之圣人，才德兼亡谓之愚人，德胜才谓之君子，才胜德谓之小人。"可见"德"与"才"是一个知识分子思想性格的两个方面。作者冠宝钗以"德"，冠黛玉以"才"，唯黛玉无德耶？唯宝钗无才耶？显然不是。作者把二者并提，互相映照，其用意无非是把二者合一，暗示着钗黛实为一体。

《十二钗判词》是红楼女子性格与命运的总纲，是后文情节发展的线索，在之后的情节中，宝钗和黛玉的故事总是隐隐相关，一主一次，一明一暗，相互映射，相互印证，跳出具体情节，上升到古代文人思想性格层面，你就会发现，"钗黛一体"正是作者匠心独运的巧妙安排。

台湾学者蒋勋在《蒋勋说红楼梦》中有这样一段分析："林黛玉和薛宝钗一直是很有趣的象征，好像两人合在一起才是完美，如果她们是两个人，就永远不完美。所以在作者幻想的世界里，在判词当中，她们便成了合在一起的生命形态。"蒋勋先生的说法也印证了我们的判断。

第三节　从宝钗形象看钗黛一体

要理解钗黛一体的可能性，必须明晰宝钗的形象特征。

首先应该拨乱反正，为宝钗形象正名。对于薛宝钗这一人物形象，历来有不同的看法。有人认为宝钗端庄稳重，温柔敦厚，豁达大度；有人则认为，宝钗性冷无情，虚伪奸险，是个"女曹操"。同一人物形象，竟然有截然相反的看法。那么，到底怎样看待这一人物形象呢？我们认为，首先必须摒弃个人的偏见和好恶，而从作品的描写刻画中进行具体分析。

关于宝钗的几个重要情节主要出现在下面的回目中：

第　八　回　　比通灵金莺微露意　　探宝钗黛玉半含酸
第二十二回　　听曲文宝玉悟禅机　　制灯迷贾政悲谶语
第二十七回　　滴翠亭杨妃戏彩蝶　　埋香冢飞燕泣残红
第三十二回　　诉肺腑心迷活宝玉　　含耻辱情烈死金钏
第三十六回　　绣鸳鸯梦兆绛芸轩　　识分定情悟梨香院
第三十八回　　林潇湘魁夺菊花诗　　薛蘅芜讽和螃蟹咏
第四十二回　　蘅芜君兰言解疑癖　　潇湘子雅谑补馀香
第五十六回　　敏探春兴利除宿弊　　时宝钗小惠全大体
第八十三回　　省宫闱贾元妃染恙　　闹闺阃薛宝钗吞声
第九十七回　　林黛玉焚稿断痴情　　薛宝钗出闺成大礼

第八章　钗黛关系——矛盾的一体两面

从回目中我们发现，黛玉和宝钗的故事线索往往是纠缠在一起的，像绳索的两股绞合在一起，像麻花两股并作一股。此是后话，按下不提。单说宝钗的思想性格。

一、温柔和顺，语言常笑

第八回，是钗黛矛盾的第一次正面交锋。不知作者是有意还是无意，为我们呈现了一个美丽聪明温柔和顺的"笑美人"。

第八回《比通灵金莺微露意　探宝钗黛玉半含酸》（摘录）：

宝玉听说，忙下了炕来至里间门前，只见吊着半旧的红绸软帘。宝玉掀帘一迈步进去，先就看见薛宝钗坐在炕上作针线，头上挽着漆黑油光的鬏（zuǎn）儿，蜜合色棉袄，玫瑰紫二色金银鼠比肩褂，葱黄绫棉裙，一色半新不旧，看去不觉奢华。唇不点而红，眉不画而翠，脸若银盆，眼如水杏。罕言寡语，人谓藏愚，安分随时，自云守拙。宝玉一面看，一面问："姐姐可大愈了？"宝钗抬头只见宝玉进来，连忙起身含笑答说："已经大好了，倒多谢记挂着。"说着，让他在炕沿上坐了，即命莺儿斟茶来。一面又问老太太姨娘安，别的姐妹们都好。一面看宝玉头上戴着累丝嵌宝紫金冠，额上勒着二龙抢珠金抹额，身上穿着秋香色立蟒白狐腋箭袖，系着五色蝴蝶鸾绦，项上挂着长命锁，记名符，另外有一块落草时衔下来的宝玉。

宝钗因笑说道："成日家说你的这玉，究竟未曾细细的赏鉴，我今儿倒要瞧瞧。"说着便挪近前来。宝玉亦凑了上去，从项上摘了下来，递在宝钗手内。宝钗托于掌上，只见大如雀卵，灿若明霞，莹润如酥，五色花纹缠护。这就是大荒山中青埂峰下的那块顽石的幻相。……

通灵宝玉正面图式

通灵宝玉

注云：莫失莫忘　仙寿恒昌

通灵宝玉反面图式

其二，这里讲宝钗的爱情战的两件利器都做了展示，一是"金玉良缘"，二是"冷香丸"，就是后来黛玉耿耿于怀的"你有玉人家就有金来配，人家有冷香，你就没有暖香来配"。

其三，这段关于宝钗的描写文字不多，但着意刻画了宝钗的表情，看划线文字，共有五处"笑道"，其中还包括对"莺儿"一笑，真是不笑不说话。惜春被尤氏责为心冷面冷之人，我们套用一下，宝钗则是心热面热之人了。

二、老于世故，明哲保身

先看这段描述：

> 到晚间，众人都在贾母前，定昏之余，大家娘儿姊妹等说笑时，贾母因问宝钗爱听何戏，爱吃何物等语。宝钗深知贾母年老人，喜热闹戏文，爱吃甜烂之食，便总依贾母往日素喜者说了出来。贾母更加欢悦。次日便先送过衣服玩物礼去，王夫人，凤姐，黛玉等诸人皆有随分不一，不须多记。
>
> 至上酒席时，贾母又命宝钗点。宝钗点了一出《鲁智深醉闹五台山》。宝玉道："只好点这些戏。"宝钗道："你白听了这几年的戏，那里知道这出戏的好处，排场又好，词藻更妙。"宝玉道："我从来怕这些热闹。"宝钗笑道："要说这一出热闹，你还算不知戏呢。你过来，我告诉你，这一出戏热闹不热闹。——是一套北《点绛唇》，铿锵顿挫，韵律不用说是好的了；只那词藻中有一支《寄生草》，填的极妙，你何曾知道。"宝玉见说的这般好，便凑近来央告："好姐姐，念与我听听。"宝钗便念道："漫揾英雄泪，相离处士家。谢慈悲剃度在莲台下。没缘法转眼分离乍。赤条条来去无牵挂。那里讨烟蓑雨笠卷单行？一任俺芒鞋破钵随缘化！"
>
> 宝玉听了，喜的拍膝画圈，称赏不已，又赞宝钗无书不知，林黛玉道："安静看戏罢，还没唱《山门》，你倒《妆疯》了。"说的湘云也笑了。于是大家看戏。

这一段就是被后人所诟病的宝钗世故。薛宝钗一个突出的特点，很会做人和处世。在贾府这个派系复杂、矛盾重重的大家族中，她一方面抱取"事不关己不开口，一问摇头三不知"的明哲保身的处世哲学；另一方面，她又善于处理人际关系，和各方面的人保持着一种亲切自然、合宜得体的关系；

第八章　钗黛关系——矛盾的一体两面

在宝、黛、钗、云的矛盾漩涡中，宝钗始终站在漩涡的边缘，揽责自咎见其豁达，引经据典证其博学，笑语解颐显其从容，敲鼓帮腔化解矛盾游刃有余。这就是宝钗的为人处世。如果说这就是宝钗的世故，那是可以给"世故"二字打红对勾了。

正如脂砚斋书评所说："待人接物不亲不疏，不远不近，可厌之人未见冷淡之态，形诸声色；可喜之人亦未见醴密之情，形诸声色。"

而在这种貌似不偏不倚的处世态度中，她特别注意揣摩和迎合贾府统治者的心意，以博取他们的好感，而对于被人瞧不起的赵姨娘等人，也未尝表现出冷淡和鄙视的神色，因而得到了贾府上上下下各种人等的称赞。贾母夸她"稳重和平"，从不称赞别人的赵姨娘也说她"展样大方"。就连小丫头们，也多和她亲近。很多人认为宝钗虚伪，说她喜欢讨好人和奉承人。贾母要给她做生日，问她爱听什么戏，爱吃什么东西。她深知老年人喜欢热闹戏文，爱吃甜烂食物，就按贾母平时的爱好回答。她还当着面奉承过贾母。她说："我来了这么几年，留神看起来，凤丫头凭她怎么巧，也巧不过老太太去。"结果是贾母夸奖她"提起姊妹"，"从我们家四个女孩儿算起，全不如宝丫头。"

当然，她自觉不自觉地维护逢迎核心人物的欢心，是要特别值得指出的，这也是她的人情世故的策略。她最常去的是王夫人的房间，不管长辈做错了，还是心里不痛快了，她都有一番说辞，积极地消除长辈心中的顾虑。金钏儿投井自杀后，王夫人心里不安。她安慰王夫人说：金钏不会自杀；如果真是自杀，也不过是个糊涂人，死了也不为可惜，多赏几两银子就是了。王夫人说，不好把准备给林黛玉做生日的衣服拿来给死者妆裹，怕她忌讳，薛宝钗就自动地把自己新做的衣服拿出来交给王夫人。这一段是极其有争议的一段，很多人据此痛骂宝钗冷酷无情，不顾他人性命，只想花钱了事。但首先，金钏是因为感到丢脸自杀而死，其次，金钏的死跟宝钗没有任何关系。对于身为家奴的金钏一家，对这个造成这个悲剧的责任人贾宝玉和王夫人，没有任何能力去制裁甚至谴责，之后玉钏还在王夫人面前继续乖乖的作奴才。身为金钏的亲人都是这样的态度，那么有什么理由去指责一个毫不相关的宝钗呢。宝钗本就是一个性格很冷淡的人，这并不是针对金钏，而是对所有人，包括她自己。对于她来说，能做的就是尽量化解其中的矛盾、真正地解决问题。

三、热心助人，顾全大局

我们不能够一味指责薛宝钗虚伪，说她是个马屁精。宝钗富有帮助别人的热心，如湘云、邢岫烟、黛玉甚至香菱，就连极不怎么样的贾环，在分送礼品时，都不忘了他的一份。她的做法符合她平时的一贯处世态度，圆润，面面俱倒，不漏一处，也不厚此薄彼，拉拢着人心。她能够在妒心极重，"恨不得你吃了我，我吃了你"的贾府，广得人缘，好评如潮，这也是很让人叹服的。

文中有这样一段描写：

  宝钗因而问道："云丫头在你们家做什么呢？"袭人笑道："才说了一会子闲话。你瞧，我前儿粘的那双鞋，明儿叫他做去。"宝钗听见这话，便两边回头，看无人来往，便笑道："你这么个明白人，怎么一时半刻的就不会体谅人情。我近来看着云丫头神情，再凤里言凤里语的听起来，那云丫头在家里竟一点儿作不得主。他们家嫌费用大，竟不用那些针线上的人，差不多的东西多是他们娘儿们动手。为什么这几次他来了，他和我说话儿，见没人在跟前，他就说家里累的很。我再问他两句家常过日子的话，他就连眼圈儿都红了，口里含含糊糊待说不说的。想其形景来，自然从小儿没爹娘的苦。我看着他，也不觉的伤起心来。"袭人见说这话，将手一拍，说："是了，是了。怪道上月我烦他打十根蝴蝶结子，过了那些日子才打发人送来，还说'打的粗，且在别处能着使罢，要匀净的，等明儿来住着再好生打罢'。如今听宝姑娘这话，想来我们烦他他不好推辞，不知他在家里怎么三更半夜的做呢。可是我也糊涂了，早知是这样，我也不烦他了。"宝钗道："上次他就告诉我，在家里做活做到三更天，若是替别人做一点半点，他家的那些奶奶太太们还不受用呢！"袭人道："偏生我们那个牛心左性的小爷，凭着小的大的活计，一概不要家里这些活计上的人作。我又弄不开这些。"宝钗笑道："你理他呢！只管叫人做去，只说是你做的就是了。"袭人笑道："那里哄的信他，他才是认得出来呢。说不得我只好慢慢的累去罢了。"宝钗笑道："你不必忙，我替你作些如何？"袭人笑道："当真的这样，就是我的福了。晚上我亲自送过来。"

湘云要开社作东，宝钗因怕她花费引起她婶娘报怨，便资助她办了螃蟹宴。因此，这位心直口快、性情豪爽的小姐，曾经真心地这样称赞宝钗："这些姐妹们，再没有一个比宝姐姐好的，可惜我们不是一个娘养的——我但凡有这样一个亲姐姐，就是没了父母，也是没妨碍的。"

宝钗能设身处地为他人着想，善于补台，不看人笑话，真诚平等与人交流，可谓情商甚高。

第五十二回，宝钗和黛玉关系的转折点，有这样一段描写：

> 这日宝钗来望黛玉，因说起这病症来。宝钗道："这里走的几个太医虽都还好，只是你吃了他们的药总不见效，不如再请一个高明的人来瞧一瞧，治好了岂不好？每年间闹一春一夏，又不老又不小，成什么，不是个常法。"黛玉道："不中用。我知道我这病是不能好的了。且别说病，只论好的日子我是怎么形景，就可知了。"宝钗点头道："可正是这话，古人说'食谷者生'你素日吃的竟不能添养精神气血，也不是好事。"黛玉叹道："'生死有命，富贵在天'，也不是人力可强的。今年比往年反觉重了些似的。"说话之间已咳了两三次。宝钗道："昨儿我看见你那药方上，人参桂肉觉得太多了，虽说益气补神，也不宜太热，依我说，先以平肝健胃为要，肝火一平，不能克土，胃气无病，饮食就可以养人了。每日早起拿上等燕窝一两、冰糖五钱，用银铫子熬出粥来，若吃惯了，比药还强，最是滋阴补气的。"黛玉叹道："你素日待人，固然是极好的。然我最是个多心的人，只当你心里藏奸。从前日你说看杂书不好，又劝我那些话，竟大感激你。往日竟是我错了，实在是误到如今。细细算来，我母亲去世的早，又无姐妹兄弟，我长了今年十五岁，竟没有一个人象你前日的话教导我，怨不得云丫头说你好，我往日见他赞你，我还不受用，昨儿我亲自经过，才知道了。比如若是你说了那个，我再不轻放过你的，你竟不介意，反劝我那些话，可知我竟自误了。若不是从前日看出来，今日这话，再不对你说。你方才叫我吃燕窝粥的话，虽然燕窝易得，但因我身上不好了，每年犯这个病，也没什么要紧的去处。请大夫，熬药，人参桂肉，已经闹了个天翻地覆，这会儿我又兴出新文来熬什么燕窝粥，老太太、太太、凤姐姐这三个人便没话说，那些底下的婆子丫头们，未免不嫌我太多事了。你看这里这些人，因见老太太疼了宝玉和凤姐两个，他们尚虎视眈眈，背地里言三语四的，何况于我？况我又不是他们这里正经主子，原是无依无靠投奔了来的，他们已经多嫌着我了。我如今还不知进退，何苦叫他们咒我？"宝钗道："这样说，

我也和你一样。"黛玉道："你如何比我？你又有母亲又有哥哥，这里又有买卖土地，家里仍有房有地。你不过是亲戚的情分，白住在这里，一应大小事情，又不沾他们一文半个，要走就走了。我是一无所有，吃穿用度，一草一纸，皆是和他们家的姑娘一样，那起小人岂有不多嫌的。"宝钗笑道："将来也不过多费得一副嫁妆罢了。如今也不愁到这里。"黛玉听了，不觉红了脸，笑道："人家才拿你当正经人，把心里的烦难先诉你听，你反拿我取笑儿。"宝钗笑道："虽是取笑儿，却也是真话。你放心，我在这里一日，我与你消遣一日。你有什么委屈烦难，只管告诉我，我能解的，自然替你解一日。我虽有个哥哥，你也是知道的，只有个母亲比你略强些。咱们也算同病相怜。你也是个明白人，何必作'司马牛之叹'？你才说的也是，多一事不如省一事，我明日家去和妈妈说了，只怕我们家还有，与你送几两，每日叫丫头们就熬了，又便宜，又不惊师动众的。"黛玉忙笑道："东西是小，难得你多情如此。"宝钗道："这有什么放在口里的！只怨我人人跟前失于应候罢了。只怕你烦了，我且去了。"黛玉道："晚上再来和我说句话儿。"宝钗答应着便去了。

当宝钗用及时的安慰与真诚的举动感动了黛玉，两人冰释前嫌，共结金兰之好，成了亲如姐妹的好闺蜜后，宝玉发现黛玉竟然不再猜忌宝钗了，二人亲如姊妹，于是"心中闷闷不乐"，"只是暗暗纳罕"。

四、深谙世道，痛恨禄蠹

薛宝钗出身于封建贵族家庭，薛家是金陵贾史王薛四大家族之一，互通互联，一荣俱荣，一损俱损。薛宝钗虽然身为女子，但耳习目染，对当时官场的种种弊端心知肚明。

关于官场，举几个例子。

模棱宰相苏味道

唐朝有一个叫苏味道的宰相，是一个特会打太极、踢皮球的圆滑宰相。据史料记载，苏味道在武则天当政时期，三度拜相，居相位九年。在中国的成语典故中，有两则成语与苏味道有关，一则是"火树银花"，一则是"模棱两可"。苏味道在处理政务时，善于向皇上陈奏，由于熟悉典章制度，他上朝言事可以不带奏章，只凭口头禀报，侃侃而谈。此人虽然才华横溢，能力也很了得，但出任宰相数年，却不能在朝廷政务上有所建树，只是一味阿谀，圆滑于君臣之间，屈从附和，取容于世而已。他常对人说："做官处理事情，不要那么一清二楚、明明白白地表示自己的意见。否则，一旦出现差错，必然后悔，而且还会留下遭受处分和被谴责的后患。因此，凡事只要模棱两可就行了。"故此，人送称号"模棱宰相"。用今天话说，这是典型的"不倒翁"。

浪子宰相李邦彦

北宋还有一位李邦彦，官至宰辅，是个富二代，人称"浪子宰相"。此人行为放荡，不理政事，只会享乐，一是喜欢踢球，其踢起球来，脚法细腻花样繁多，堪称大宋的"梅西"；二是喜欢写荤段子，但凡他写了新段子，就有老鸨来买版权，唱给客人听；三是喜欢交际，李邦彦喜欢呼朋引类到家里吃喝，同时，又乐善好施，每遇到有进京赶考的举子要接济，必出手大方，由于会搞人际关系，他官运亨通，晋升飞快。成为朝廷重臣后，不干正事，专门研究关系学，在北宋末年"靖康之难"时，他成了投降派奸臣之首，加速了北宋灭亡。这属于"万能胶"类型。

棉花宰相刘吉

明朝的刘吉，官至大学士、内阁首辅（宰相）。当时的明宪宗皇帝不问政事，内阁和六部都是在混日子，一度有"纸糊三阁老"（即刘吉、万安、陈文）和"泥塑六尚书"之称。这是懒政怠政的典型例子。

上述宰相的做派，仅仅是官场黑暗腐败的一个缩影，作为广见博闻出身于专做皇家买卖的薛家，宝钗自然比其他姐妹更多了解。宝钗虽然可以容忍人世间种种的不合理，但并不表示她内心也认同，她有她的坚持和原则。

在协理探春管家的章节中，集中反映了宝钗对于政务的热心和清醒。

宝钗笑道："真真膏粱纨绔之谈。虽是千金小姐，原不知这事，但你们都念过书识字的，竟没看见朱夫子有一篇《不自弃文》不成？"探春笑道："虽看过，那不过是勉人自励，虚比浮词，那里都真有的？"宝钗道："朱子都有虚比浮词？那句句都是有的。你才办了两天时事，就利欲熏心，把朱子都看虚浮了。你再出去见了那些利弊大事，越发把孔子也看虚了！"

探春笑道："你这样一个通人，竟没看见子书？当日《姬子》有云：'登利禄之场，处运筹之界者，窃尧舜之词，背孔孟之道。'"宝钗笑道："底下一句呢？"探春笑道："如今只断章取意，念出底下一句，我自己骂我自己不成？"宝钗道："天下没有不可用的东西，既可用，便值钱。难为你是个聪敏人，这些正事大节目事竟没经历，也可惜迟了。"李纨笑道："叫了人家来，不说正事，且你们对讲学问。"宝钗道："学问中便是正事。此刻于小事上用学问一提，那小事越发作高一层了。不拿学问提着，便都流入市俗去了。"

宝钗并不厌恶仕途，她站在维护封建统治立场，对官场上的腐败恶行是深恶痛绝的并大加挞伐，这是封建社会大多数官场中人共同的心理，一边心知其恶一边明知故犯，一边厌恶作呕一边同流合污，一边作奸犯科一边痛责世风日下。

第三十八回，宝钗作《螃蟹咏》，对当时横行霸道的官场人物如贾雨村之流，进行了尖锐讽刺。

宝钗接着笑道："我也勉强了一首，未必好，写出来取笑儿罢。"说着也写了出来。大家看时，写道是：

桂霭桐阴坐举觞，长安涎口盼重阳。
眼前道路无经纬，皮里春秋空黑黄。

看到这里，众人不禁叫绝。宝玉道："写得痛快！我的诗也该烧了。"又看底下道：

酒未敌腥还用菊，性防积冷定须姜。
于今落釜成何益，月浦空余禾黍香。

众人看毕，都说这是食螃蟹绝唱，这些小题目，原要寓大意才算是大才，只是讽刺世人太毒了些。

"眼前道路无经纬，皮里春秋空黑黄。"是写螃蟹横行霸道，表里不一。对倚仗权势欺压百姓的恶霸狗官贾雨村之流大加挞伐。"于今落釜成何益，月浦空余禾黍香。"是说螃蟹一朝被煮，揭盖掏腹、扯腿剜肉的可笑下场。

五、宝钗形象辩证谈

《红楼梦》里写薛宝钗，是调动了文化系统里对于君子最高的赞美，包括第五回宝玉神游太虚幻境听的《红楼梦》曲，如果对应之前"正册"的判词来看，"可叹停机德，堪怜咏絮才"，第一首《红楼梦》曲《终身误》就是以薛宝钗为主人公所铺陈出来的曲调。第二首才是以林黛玉为主的《枉凝眉》。而《终身误》里的"山中高士晶莹雪"是有典故的，来自明代高启的一首《梅花诗》，梅花不就是有高节的象征吗，那种非常脱俗高雅的文士就是用这样的雪和高士来加以歌颂的。所以这里完全是对薛宝钗高度的赞扬，只不过说，宝玉爱的还是那个世外仙姝寂寞林。这才是真正的爱对吧？她不是最好，但就是最爱她，爱不是计算来的，不是因为你有许许多多可以量化的东西，才给予你深情。于是，"叹人间，美中不足今方信。纵然是齐眉举案，到底意难平"。这话当然是对宝钗的赞美。

宝钗是绝对有理由成为许多人倾慕的对象的：她的美貌比黛玉有过之而无不及；她的才华比起黛玉的仅仅表现在诗词上的"仙才"来说，宝钗可谓"全才"，她博学杂收无所不能；在人情练达方面，宝钗更是有惊人的表现——古语云："事上谄者，临下必骄"，而宝钗竟可以两全，以至贾府上下，除了宝玉、紫鹃等少数只重感情不讲实际的人以外，竟没有希望黛玉胜出的。连深爱黛玉的作者也忍不住赠了黛玉一句："莫怨东风当自嗟"——是啊，黛玉的婚姻未果不是宝钗的错。

显然，对宝钗的扬或抑，主要的是立场问题而已。宝钗无疑是封建礼教的卫道士，她是那个社会一切既有定律的忠实护卫者。但正因为如此，她才能和谐地融于那个时代的现实中，在热爱那种制度和传统礼教的人眼中成为完美无瑕的典范；也正因为如此，在激烈批判旧意识形态的人们眼中，她成为一个被贬抑得体无完肤的"奸人"。

宝钗身上这种矛盾，实际上反映了作者理想的双重性：一方面，他反叛着自己出身的阶级；另一方面，他对这个阶级又充满留恋，他在进与退之间感受着宝玉在宝钗的美貌温柔和黛玉的翩然不俗之间目眩良久的困惑。当宝玉终于离开宝钗精心编织的温柔乡时，作者的理想才得到最终的升华。因此，宝钗的形象对作品思想意义的深化，起着比黛玉更为重要的作用。换句话来说，宝钗"动人"的一面越突出，宝玉最后取黛舍钗的思想意义就越大。

最有争议的是宝钗扑蝶的情节。出自第二十七回，情节是这样：

原来这一天"未时交芒种节"，大观园的姑娘们都出来玩耍，独不见黛玉，宝钗要到潇湘馆去找黛玉，后来见宝玉进了潇湘馆，宝钗想到黛玉好猜疑，这个时候如果跟着宝玉进去，一则宝玉不便，二则黛玉嫌疑，想到这里就回来了。路上她见到一双玉色蝴蝶，引得宝钗去扑蝶，并一直跟到大观园滴翠亭外，这时宝钗听到亭内宝玉的丫鬟红玉与坠儿在说贾芸的事情，宝钗听到心中吃惊，因想到："今儿我听了他的短儿，一时人急造反，狗急跳墙，不但生事，而且我没趣。"由于她已经到了亭外，躲不了了，所以使了个"金蝉脱壳"的法子，故意喊"颦儿，我看你往那里藏"，还问红玉坠儿："你们把林姑娘藏哪里了？"

可以说，宝钗的"金蝉脱壳"的法子使用的非常成功，一点也没有引起怀疑，相反倒是红玉担心黛玉听见了她们说的话。就是这样一件事，不少人批评宝钗太奸诈，你怕因听到红玉的话，给自己惹事，却又把黛玉卖了出去，这不是栽赃陷害嫁祸于人吗？其实宝钗的目的是让小红、坠儿以为她没有所见那些私情话，并非有意嫁祸林黛玉。从这里看出宝钗凡事必先自保，甚至不惜牺牲他人利益的自私性。固然，这种嫁祸于人的做法是历来为人们所不齿的，但情急之中，所谓急中生智，虽不可原谅，但可以理解，世事维艰，趋利避害，人之常情。在那个时代，嫉贤妒能者有之，落井下石者有之，谗谄奸佞者有之，宝钗代表的是那个时代大多数为官者的心态，还不能称之为大奸大恶。

第四节　从钗黛形象比较分析一体两面的可能性

宝钗和黛玉到底你更喜欢谁？这是一个由来已久的辩题。历史上曾有几段公案，反映了不同时代不同阶层各自对钗黛的偏好。

略举一例：邹弢和许伯谦都是早期红学研究者，本来是很要好的朋友。邹弢曾经称赞许伯谦"爱友如命，与余交，每以古谊相勖，亦今人中之古人也"。可是两人却对林黛玉和薛宝钗的看法发生了严重分歧。邹弢是拥林派，许伯谦是拥薛派。他们的观点尖锐对立，争论异常激烈。据邹弢在《三借庐笔谈》卷十一里记载："己卯春，余与许伯谦论此书，一言不合，遂相龃龉，几挥老拳，而毓仙排解之。"

　　根据前文分析，黛玉和宝钗思想性格为人处世情感与命运诸多方面都存在高度的互补关系。我们不妨比对一下。

　　（1）宝玉的名字，一半属于宝钗，一半属于黛玉。那么，宝玉到底属于谁，大概是一个永远也辨不清的公案。从后来情节发展看，在宝玉身上，黛玉和宝钗各有所得，亦各有所失：一个得到爱情，却终不成眷属；一个得到婚姻，却终未得"一人心"。从哲学上讲，这是精神与实体归属不同，是人格分裂的表现。

　　（2）黛玉之缘，在于"木石前盟"，故而她耿耿于怀；宝钗之命，在于"金玉良缘"，故而她处心积虑。关于缘分，常言说缘本天定，《枉凝眉》唱的："若说没奇缘，今生偏又遇着他；若说有奇缘，如何心事终虚化"，就是对天缘的怀疑。木石前盟固然是前缘，虚无得很，即使金玉良缘，也终究是"缘分本天定，半点不由人"，同样缥缈得很。暗示着钗黛与宝玉的关系，表现形式不同，其本质是一样的。黛玉虽有咏絮之才，却遭"玉带林中挂"之命运；宝钗空有停机之德，终难逃"金簪雪里埋"的结局。

　　（3）黛玉好与翠竹为伴，得"潇湘妃子"之美称；宝钗喜同紫藤结友，有"蘅芜君"之芳名，一清高一流俗，一独立一攀附。黛玉葬花，悲悲戚戚，长叹息"明日葬侬知是谁"；宝钗扑蝶，从从容容，宣告着"此心惟有我身在"。这很容易让我们联想到中国古代文人所受的折磨，李白就是一个典型代表。一方面渴望建功立业，有兼济天下之志；一方面又无法承受官场黑暗，权贵挤迫，不肯屈志从俗。而曹雪芹骨子里是一个独善其身的人，所以抑钗扬黛，抑浊扬清。

　　（4）黛玉话语尖酸刻薄，清凄如冷月一般，寻思着"人间知己最难得"；宝钗言辞平和妩媚，宛若丽日中天，足见其"世事洞明皆学问"。黛玉生活在诗的世界里，有自己的象牙塔；而宝钗是社会人，善于随俗逐波，所以左右逢源，人见人爱。前者如苏轼，一肚子不合时宜，后者如万石君、娄师德、蔡京，或谨言慎行，或唾面自干，或察言观色。作为古代文人，一方面不甘平庸力图仕进，一方面又不屑与吮痈舐痔者为伍，所以常常会在喜欢黛玉还是宝钗的问题上纠结。即使那些官场上如鱼得水的达官贵人也会时而标榜自己清高自持。

　　黛玉很美，美得超凡，美得飘渺。

　　宝钗很美，美得平凡，美得真切。

　　我愿用比喻的方式表达我的感受。

　　黛玉是盏清茶，入口淡中有涩，得有心人细细品尝，才晓得她的雅致之处；

亮还是那个月亮，只是我们习惯把看见的称之为有，看不见的称之为无。又如一个人，看前面叫正脸，看后面叫背影，只是人生来就是把前面给人看的，后面是留给上帝看的。

　　　　　　钗—————————黛
思想：儒（入世）　　　　道（出世）
性格：和（温顺平和）　　特（特立独行）
人格：俗（世俗功利）　　洁（清新脱俗）
处世：浊（同流合污）　　清（孤高自傲）
境界：现实（功名利禄）　诗意（淡泊宁静）
觉悟：蒙昧（固守道德）　觉解（民主意识）
爱情：婚姻（无爱婚姻）　恋爱（完美恋爱）
生活：物质（应有尽有）　精神（充盈丰富）
命运：悲剧（婚后寡居）　悲剧（中道夭亡）

　　通过比对，我们发现，钗黛作为生命符号，诠释的是同一个生命体的两种存在状态，两种文化印记。从头到尾仿佛是摆在知识分子面前的选择题，两种生活道路的选择，两种人生观幸福观的抉择。

　　做为古代文人，受儒释道思想的影响，各种思想意识左右着他们的人生道路，他们在"仕"与"不仕"、"随俗从流"与"精神独立"之间徘徊，通达与失意使他们对信仰摇摆不定。所以人生总是做两手准备，"达则兼济天下，穷则独善其身"，"人生在世不称意，明朝散发弄扁舟"。从苏轼的"寄蜉蝣于天地，渺沧海之一粟"中，可以看到旧时文人的无助与无奈。所以，在钗黛的比对中，我们仿佛能够看到陶渊明"曷不委心任去留"的纠结，仿佛能够看到李白"安能摧眉折腰事权贵"的徘徊，仿佛可以看到苏轼"长恨此身非我有，何时忘却营营"的苦闷，仿佛可以看到屈原"步余马兮山皋，邸余车兮方林"的频频回首，仿佛可以看到阮籍"徘徊将何见？忧思独伤心"的临歧而哭……

　　王昆仑《红楼梦人物论·黛玉之死》中这样写道：

> 宝钗在做人，黛玉在做诗；宝钗在解决婚姻，黛玉在进行恋爱；宝钗把握着现实，黛玉沉酣于意境；宝钗有计划地适应社会法则，黛玉任自然地表现自己的性灵；宝钗代表当时一般家庭妇女的理智，黛玉代表当时闺阁中知识分子的感情。

第九章 裙钗皆为黛影

第一节 影子说如是解

如果我们把红楼群钗比作璀璨群星，那么，林黛玉无疑是群星中最亮的一颗。然而我们发现群钗关系不止于此，作者似乎安排十二钗在一个星系中，而且都是围绕黛玉发光的。

天体中主要存在下面几种星体：

星系、恒星、行星、卫星；

恒星中又有双星，包括主星、伴星。

从人物形象的设立看，黛玉可看做恒星，自带光环，除宝钗之外的其他群钗可看做行星和卫星，拱卫着黛玉；钗黛关系应该属于双星，是一个天体，而黛玉为这个天体的主星，宝钗则为伴星。

史上评《红楼梦》历来有影子说。

金钏之名正与宝钗相对，小红之名正与黛玉相对。何也？由小说交代可知，金钏本姓白，即"白金钏"，正可与"薛宝钗"三字相对。小红本名红玉，乃林之孝之女，即"林红玉"，正可与"林黛玉"三字相对。"白"，雪之色也，"金"与"宝"均示其贵。"林"与"林"同姓，"玉"与"玉"重名。"钗"为头簪，"钏"为手镯，都是女子首饰之物。点唇用"红"，画眉用"黛"，皆系女性化妆用品。这样的对映关系，不可谓不巧妙，同时也不能简单地理解为巧合。

成都红粉郑磊有如下观点：在小说中，袭人、晴雯、金钏、小红，俱为钗、黛的影子人物。袭人、晴雯，作为钗、黛的一对"外影"，对映了她们各自性格的"正面"；而金钏、小红，作为钗、黛的一对"内影"，则照出了她性格中的"另外一面"。郑磊对金钏和宝钗、小红和黛玉的影子关系论述很详细，大家可参看他的《"借影"新说》。曹雪芹的"影子"设计，亦有《红楼梦》之"风月宝鉴"性质，是裙钗皆为黛影在塑造人物形象上的一种直观体现。

第二节　晴为黛影

我们先从"晴为黛影"说起。

有人说："晴为黛影，袭为钗副。"晴雯在相貌、气质以至命运上和黛玉都有几分相似之处。晴雯长得很超俗，曹雪芹赞她"风流灵巧"，"眉眼长得有点像你林妹妹"，并且和黛玉一样，有一种与生俱来的灵气。

晴雯冰雪聪明，资质极佳。可惜她只是个丫鬟，没有资格学什么琴棋书画，否则才情该不会在钗、黛二人之下。即便如此，她的针线在一大群心灵手巧的丫鬟之中还很出众，晴雯补裘一节非常精彩，全大观园里好像就她一个会"界线"（一种织补方法），可见她的聪颖。

下面我们先把黛玉和晴雯做一个比较。

（1）晴雯是才得十岁，尚未留头，因常跟赖嬷嬷进来，贾母见她生得伶俐标致，十分喜爱。故此赖嬷嬷就孝敬了贾母使唤，后来到了宝玉房里，推断比袭人来得要早。

黛玉也是年纪很小就来到贾府，和宝玉从小一起长大，比宝钗来得早。

（2）晴雯到贾母跟前，千伶百俐，嘴尖性大，深得贾母喜爱夸奖：晴雯那丫头我看他甚好，这些丫头的模样爽利言谈针线多不及他，将来只他还可以给宝玉使唤得。

黛玉自在荣府以来，贾母万般怜爱，寝食起居一如宝玉。贾母也是喜欢黛玉聪明伶俐，而且是自小接来跟着自己长大的。

（3）晴雯针黹纺织活计在丫头们中出类拔萃，宝玉的雀金裘烧了个洞，出去找人缝补，不但能干的织补匠人就连裁缝绣匠并作女工的问了，都不认得这是什么，都不敢揽，晴雯想出法子，拿孔雀金线就像界线似的界密了。麝月笑道，孔雀线现成的，但这里除了你，还有谁会界线。可知晴雯的本事了。

黛玉的文才在姊妹们中也是一流的，菊花赋诗夺魁首，海棠起社斗清新，怡红院中行新令，潇湘馆内论旧文，做桃花诗、咏葬花吟、联雪景句、中秋赏月与湘云联句，才女形象深入人心。

（4）晴雯性格锋芒毕露，见到红玉巴结凤姐，就冷笑道：怪道呢！原来爬上高枝儿去了，把我们不放在眼里。不知说了一句话半句话，名儿姓儿知道了不曾呢，就把他兴的这样！这一遭半遭儿的算不得什么，过了后儿还得听呵！有本事从今儿出了这园子，长长远远的在高枝儿上才算得。晴雯帮宝玉换衣服，不小心跌折了扇子，宝玉才叹了两句"蠢才，蠢才"，如果是别的丫头，就不一定敢回嘴，可晴雯就敢冷笑着用一大车话呛得宝玉气得发抖。面对来劝架的袭人，晴雯也不轻易放过，揭发袭人挨宝玉的踢，以及他们鬼鬼祟祟干的那事儿。直把袭人羞得脸紫胀起来。对小丫头坠儿偷手镯的事，晴雯恨得牙根痒，除了用一丈青扎她外，还把她撵了出去，也反映了晴雯嫉恶如仇的性格。"水至清则无鱼，人至察则无徒。"这也导致了晴雯在下人中人缘不好。王善保家给她的评价是这样："别的都还罢了，一个宝玉屋里的晴雯，那丫头仗着他生的模样儿比别人标致些，又生了一张巧嘴，天天打扮的像个西施的样子，在人跟前能说惯道，掐尖要强。一句话不投机，他就立起两个骚眼睛来骂人，妖妖娆娆大不成个体统。"

黛玉孤高自许，目无下尘，便是那些小丫头子们多喜与宝钗去玩，红玉眼里的林姑娘是嘴里又爱刻薄人心里又细。宝玉被贾环烫伤，赵姨娘和周姨娘两个人进来瞧宝玉。宝钗宝玉等都让她两个坐。独林黛玉只和凤姐说笑，正眼也不看她们。赵姨娘因宝钗送了贾环些东西，心中甚是喜欢："宝丫头好，会做人，很大方，如今看起来果然不错。若是那林丫头，他把我们娘儿们正眼也不瞧，那里还肯送我们东西。"黛玉在这些下人眼里是孤僻傲慢的。

（5）晴雯的长相有一些像黛玉，王夫人曾给凤姐说她水蛇腰，削肩膀，眉眼又有些像你林妹妹的，还说她真像个病西施了。贾琏的小厮兴儿向尤氏姐妹介绍黛玉时也称其为多病西施。

晴雯死后作了芙蓉花神；黛玉在寿怡红群芳开夜宴掣花名签时，掣到的上面画着一枝芙蓉，题着风露清愁四字，那面一句旧诗，道是：莫怨东风当自嗟。众人都笑说这个好极，除了他，别人不配作芙蓉。

（6）王夫人最嫌浓妆艳饰语薄言轻者，像晴雯这样相貌出众锋芒毕露者是不入她眼的，而且晴雯背上了轻狂的罪名，有勾引坏了宝玉的嫌疑，就更不能容忍了。

黛玉也有这样的嫌疑，她与宝玉的两情相悦青梅竹马，正触犯了王夫人的忌讳，王夫人对黛玉始终也是相当冷淡的。

再看晴雯的判词。

> 霁月难逢，彩云易散。
> 心比天高，身为下贱。
> 风流灵巧招人怨。
> 寿夭多因毁谤生，多情公子空牵念。

词首两句"霁月难逢，彩云易散"点出晴雯的名字，暗示他的人品和将遭到的不幸。霁月，指雨后月出，天晴月朗。这就点出了一个"晴"字。而旧时以"光风霁月"喻人的品格光明磊落。这也是作者对晴雯人品的赞赏。彩云称之为"雯"，而且寓有纯净美好的意思。这两句中的"难逢""易散"，暗寓晴雯品性孤高，像易于消散的云彩那样难存于世，她将遭到不幸。

"风流灵巧招人怨"，人们对美好的东西总会想尽办法扼杀。晴雯始终活在众人的嫉恨之中：袭人嫉妒宝玉待她的情谊，王夫人嫌她"生得太漂亮了"，贾府上下一干老婆子、小丫头妒忌她的地位，总之晴雯的悲剧发生绝对是一种必然，她的优秀导致了无止的毁谤与谰言。

但晴雯从未停止过与命运的抗争。她知道自己争不过袭人，因为袭人是王夫人钦点的"准姨娘"，但晴雯没有放弃过，最能流露她心声的一句话是："或者太太看见我勤谨，一个月也把太太的公费里分出二两银子来给我。"这虽是一句玩笑话，但实实在在表露了她心比天高的追求，但这只是永远都不可能实现的一个愿望。

晴雯是勇敢的，这是曹公特许给晴雯的性格，贾府上上下下能配得上这两个字的还极少。她给宝玉补那件烧坏了的雀翎裘时，"病得七死八活，一夜连命也不顾给他做了出来"（此袭人语），晴雯爱着宝玉，但不能告诉他，只能用行动表达出来，而且表达得这样深挚勇敢，无怨无悔。我以为，她难能可贵的勇敢，更体现在她敢对贾府的黑暗势力说"不"。她看不起袭人和宝玉的暧昧关系，她痛恨小丫头坠儿的偷窃，她更深深厌恶贾府家仆们狗仗人势、作奸犯科。她率直，口角锋利，她不肯与黑暗同流合污，出污泥而不染，亭亭玉立于腐朽与龌龊之上。她一枝独秀，但现实不可能给她以生存的可能，高洁的她最终只能被黑暗势力一点点撕裂、吞噬。试想以一个弱女子的身份，如何去抵御这黑暗现实的锐利的爪牙？所以说，从这两方面原因来讲，晴雯的悲剧也就难以避免了，所谓苍天不佑英才，她从仙界来，在俗世匆匆停留，又回到天上去做芙蓉花神。

晴雯虽时时想要往高处走，却从不用袭人那样出卖朋友的手段来达到目的。而她的善良与烂漫，的确得到了宝玉的爱惜与信赖。也许大家忽略了一个细节，贾宝玉给林黛玉私相传递送手帕那回差的不是别人，正是晴雯。这样一件机密的事都放心交给晴雯去办，可见宝玉对她是如此的信任了。

晴雯的命运即为黛玉命运的暗示。她们二人的命运其实是殊途同归的。在"寿怡红群芳开夜宴"那回（第六十三回），在场的丫鬟小姐全都占了花名（花名即一根上面写有暗示命运的竹签，类似于占卜，是一种游戏），惟独没写晴雯占，因为林黛玉已经掣了一枝"芙蓉签"在手，在此曹雪芹已有意将二人命运统一，暗寓于芙蓉之中。即以芙蓉花代表黛、晴二人的共同命运。后来晴雯死了，宝玉写《芙蓉女儿诔》祭她，其实祭的也是黛玉。"茜纱窗下，我本无缘；黄土垄中，卿何薄命？"是宝玉对这两个女子相同命运的悲鸣。

当然，晴雯和黛玉的相似之处还可以找出很多，但个性的东西不能被共性掩盖。晴雯是晴雯，黛玉是黛玉，虽然晴雯在某些方面可以影射黛玉，但她并不等于黛玉，如果说林黛玉是一株清雅绝俗的仙草，那么晴雯堪比草叶上的一颗露珠，映射仙草，却不等同于仙草。虽然两个人都可算是在尘世匆匆而过的世外仙姝，是清高寂寞的，但晴雯更为要强、勇敢，而且自尊，她从来没有向命运低过头。除了共性之外，晴雯在某些方面多了一个"更"字，正是借以突显黛玉的性格。

晴雯死后，宝玉十分思念，于是作《芙蓉女儿诔》，祭奠亡灵。摘抄几句：

忆女儿囊生之昔，其为质则金玉不足喻其贵，其为性则冰雪不足喻其洁，其为神则星日不足喻其精，其为貌则花月不足喻其色。

花原自怯，岂奈狂飙；柳本多愁，何禁骤雨！

高标见嫉，闺帏恨比长沙；直烈遭危，巾帼惨于羽野。自蓄辛酸，谁怜夭折？仙云既散，芳趾难寻。

眉黛烟青，昨犹我画；指环玉冷，今倩谁温？

自为红绡帐里，公子情深；始信黄土陇中，女儿命薄！汝南泪血，斑斑洒向西风；梓泽馀衷，默默诉凭冷月。

宝玉念了长篇祭文,引出了黛玉的评述。

话说宝玉祭完了晴雯,只听花影中有人声,倒唬了一跳。走出来细看,不是别人,却是林黛玉,满面含笑,口内说道:"好新奇的祭文!可与曹娥碑并传的了。"宝玉听了,不觉红了脸,笑答道:"我想着世上这些祭文都蹈于熟滥了,所以改个新样,原不过是我一时的顽意,谁知又被你听见了。有什么大使不得的,何不改削改削。"黛玉道:"原稿在那里?倒要细细一读。长篇大论,不知说的是什么,只听见中间两句,什么'红绡帐里,公子多情,黄土垄中,女儿薄命。'这一联意思却好,只是'红绡帐里'未免熟滥些。放着现成真事,为什么不用?"宝玉忙问:"什么现成的真事?"黛玉笑道:"咱们如今都系霞影纱糊的窗,何不说'茜纱窗下,公子多情'呢?"宝玉听了,不禁跌足笑道:"好极,是极!到底是你想的出,说的出。可知天下古今现成的好景妙事尽多,只是愚人蠢子说不出想不出罢了。但只一件:虽然这一改新妙之极,但你居此则可,在我实不敢当。"说着,又接连说了一二十句"不敢"。黛玉笑道:"何妨,我的窗即可为你之窗,何必分晰得如此生疏。古人异姓陌路,尚然同肥马,衣轻裘,敝之而无憾,何况咱们。"宝玉笑道:"论交之道,不在肥马轻裘,即黄金白璧,亦不当锱铢较量。倒是这唐突闺阁,万万使不得的。如今我越性将'公子''女儿'改去,竟算是你诔他的倒妙。况且素日你又待他甚厚,故今宁可弃此一篇大文,万不可弃此'茜纱'新句。竟莫若改作'茜纱窗下,小姐多情,黄土垄中,丫鬟薄命。'如此一改,虽于我无涉,我也惬怀的。"黛玉笑道:"他又不是我的丫头,何用作此语?况且小姐丫鬟亦不典雅,等我的紫鹃死了,我再如此说,还不算迟。"宝玉听了,忙笑道:"这是何苦?又咒他。"黛玉笑道:"是你要咒的,并不是我说的。"宝玉道:"我又有了,这一改可妥当了。莫若说'茜纱窗下,我本无缘,黄土垄中,卿何薄命。'"黛玉听了,忡然变色,心中虽有无限的狐疑乱拟,外面却不肯露出,反连忙含笑点头称妙。说:"果然改的好,再不必乱改了,快去干正经事罢。"

宝黛二人斟酌诔文字句,改来改去,竟真的把诔文改成是对黛玉的祭奠了:"茜纱窗下,我本无缘,黄土垄中,卿何薄命。"难怪黛玉"忡然变色",满腹狐疑。

曹雪芹借宝玉之口，做了一千六百余字的长篇祭文，铺排渲染，感情真挚深沉，读来戳心动容。诵读之间，不由产生一种感觉，这《芙蓉女儿诔》哪里是宝玉写给晴雯的祭文，分明影射着黛玉的身世辛酸。

很多红学爱好者都认为这篇诔文实际上是贾宝玉祭林黛玉的，而且在《红楼梦》庚辰本和靖藏本的脂批中也都有此表示。庚辰本夹批"慧心人可为一哭。观此句，便知诔文实不为晴雯而作也"；靖藏本批"观此知虽诔晴雯，实乃诔黛玉也。试观证前缘回，黛玉逝后诸文便知"；庚辰本又夹批"……又当知虽诔晴雯，而又实诔黛玉也。奇幻至此！若云必因晴雯诔，则呆之至矣"。尤其是小说在描写宝玉读完诔文后，又是林黛玉从山石后面现出身来，这似乎更应证了所祭之人就是林黛玉。曹雪芹以最沉痛的感情，欲借悼晴雯，预悼黛玉，这本是极难做的。不能太露，又不能没有一点端倪。宝黛在湖边斟酌诔文字句这一段，真是曹雪芹苦心经营的旖旎而又陡峭的一笔。

后来黛玉之死，宝玉之痛再无铺排渲染，也应该是因为这一篇《芙蓉女儿诔》已写尽宝玉之悲矣。又恍惚间觉得这不仅是宝玉写给晴雯黛玉的，更应该是曹雪芹写给大观园女儿们的，写给天下的晴雯黛玉们的。

第三节　妙玉与黛玉

妙玉的设置很有意思，仿佛孤悬海外的岛主，栊翠庵仿佛深山古寺的一个檐角，与大观园遥遥呼应，仿佛那里是大观园儿女的归宿一般。岛主妙玉出身不详，结局不详，幻象一般浮在群钗之中。

妙玉在前八十回里面是两次正面出场：一次就是在第四十一回，品茶那回；第二次就是第七十六回，凹晶馆联句；还有一次是第六十三回，通过侧面描写，介绍得较为全面。

一、妙玉的洁癖与孤僻

第四十一回妙玉顺理成章地出场，紧接着上一回"金鸳鸯三宣牙牌令"，这一回一开场就是刘姥姥被凤姐"整蛊"并喝下了一大碗黄杨木的酒。之后因大家又吃下许多油腻的食物，贾母便领着大家在大观园花园里散了步，吃完茶，就领着刘姥姥并众人去了栊翠庵。

这一出场背景衔接有序，却又不着痕迹。篇幅虽短，却把刘姥姥乡下老太太外憨内慧的精明、凤姐的"辣"和圆滑、贾母老来对贫穷弱小"施舍"的满足感，都在字里行间表现出来，与妙玉的孤高自洁形成鲜明对比。妙玉平时在栊翠庵基本上是不会参与大观园的活动的。

二、妙玉"热情待客"中没有掩盖住她的孤僻

妙玉出场第一句便是"忙接了进去"，贾母赞了栊翠庵花园的胜景，妙玉即"笑往里让"，妙玉一听贾母要吃一杯茶，又"忙去烹了茶来"。等贾母说不吃六安茶，妙玉笑说"知道，这是老君眉"。不知道这句话是妙玉的明理善处还是高傲的迫不及待，这一切都是她在贾母面前的"热情表现"。但一句"宝玉留神看他是怎么行事"暴露了妙玉常时的行事风格，或许宝玉所知道的妙玉是再有权势的贵人都难弯下腰来殷勤侍奉的。再看妙玉除了贾母之外，对王夫人等人几乎没有什么行为动作。可见，妙玉即使是在众人面前有如此的表现，也是不得已的，而即使是在这种不得已之中，也隐约流露出她孤僻的性情。

三、从"喝梯己茶"看妙玉的洁癖和极端孤僻

对妙玉的着重描写是从喝梯己茶开始的。妙玉将钗黛二人带入耳房，另泡一壶茶。在妙玉看来大观园里一般女儿都不甚入她眼的，在场的也就钗黛二人而已。接着宝玉也悄悄跟进来。当然，宝玉算是妙玉的蓝颜。但将一个男人带进自己比较私密的房间自然是不方便的，故需要宝玉自己跟进来。

接下来的描写有围绕着"物"的——茶具和茶水；有围绕着事写的——叫小幺儿洗地、妙玉送客闭门。第一处，妙玉要将刘姥姥喝茶的成窑茶杯扔了，后听宝玉的劝告将茶杯送了刘姥姥；第二处，妙玉斥责宝玉不识货，将"绿玉斗"指为俗器；第三处，妙玉因黛玉品错茶水而说她是"大俗人"；第四处，宝玉要叫人来为栊翠庵洗地；第五处，妙玉关门谢客。

这第一处和第四处都是写妙玉的洁癖（很多人不愿将妙玉冠以"洁癖"这样的字眼，而说是她的高洁情怀，不过我认为"洁癖"更符合此回的妙玉）。

第一处，因一个"俗人"（刘姥姥）用过茶杯，尽管这杯子是成窑的，妙玉依然毫不犹豫地要将茶杯扔了。而这个茶杯本来是给贾母吃茶的，贾母没有嫌弃刘姥姥的"俗"或者是"脏"，而妙玉却因为她接过喝了几口就记在心上，要将茶杯弃了。说得严重点，妙玉连贾母这样的《红楼梦》权贵的代表都不见得放在眼里。宝玉后因想到扔了可惜，便要妙玉将茶杯送了刘姥姥。妙玉此时回答"若我吃过，我就砸碎了也不能给他"，实是洁癖之极。之后便说让宝玉自己拿去给刘姥姥。宝玉却也了解妙玉性情，顺势说"你那里和他说话授受去，越发连你也脏了"，想来妙玉听了此言应该是很开心的。这些都表现出了第五回判词中妙玉的"欲洁"，不过恐怕不是"欲洁"而更多的是惊人的洁癖。第四处，宝玉提出要叫几个小幺儿打水给栊翠庵洗地，妙玉便"笑说"让抬水的人"只搁在山门外头墙根下，别进来"，更是连为栊翠庵带来清洁的人都关在门外了，留着的只能是彻彻底底干干净净的栊翠庵。

第二处和第三处都是写妙玉的自视清高，孤僻成性。第二处，宝玉见钗黛二人得的茶具都是古玩奇珍、颇具特色，而自己得的绿玉斗相比之下却成了"俗器"。妙玉则斥责宝玉"不识货"。一则，这件绿玉斗的确是奇珍；二则，这是妙玉平日里自己用的茶具，给宝玉吃茶算是视他不比别人，不期宝玉说出这样的话。第三处，黛玉因贾母等吃的茶都是旧年的雨水，就问到这梯己茶是否如此。妙玉不留情面地"冷笑"说黛玉是个"大俗人"，照应这一回的名字"茶品梅花雪"。更奇的是，平日里被视为刀子嘴的黛玉，此时居然"只他天性怪癖"，没有回嘴，"便约着宝钗走了出来"。这样以大观园里最孤僻之人来衬托妙玉性格的极端孤僻、难以与人相处，实在精妙。

第五处，妙玉闭门送客，先是"亦不甚留"，再就"送出山门"，"回身便将门闭了"。这一送一闭，分明表现出妙玉想要尽快结束这些现世中的"贵人"的打扰。足见其孤僻之至。

还有一点要补充的是，《红楼梦》写品茶喝茶的情节俯拾皆是，唯有此处大张旗鼓，铺排渲染，而且茶品层次极高，似乎特意要用"茶"来喻指妙玉。正所谓"吃茶知本心，饮酒见性情"。

四、"槛外人"妙玉其人

"槛外人"见小说第六十三回。

这里宝玉梳洗了正吃茶,忽然一眼看见砚台底下压着一张纸,因说道:"你们这随便混压东西也不好。"袭人晴雯等忙问:"又怎么了,谁又有了不是了?"宝玉指道:"砚台下是什么?一定又是那位的样子忘记了收的。"晴雯忙启砚拿了出来,却是一张字帖儿,递与宝玉看时,原来是一张粉笺子,上面写着"槛外人妙玉恭肃遥叩芳辰"。宝玉看毕,直跳了起来,忙问:"这是谁接了来的?也不告诉。"袭人晴雯等见了这般,不知当是那个要紧的人来的帖子,忙一齐问:"昨儿谁接下了一个帖子?"四儿忙飞跑进来,笑说:"昨儿妙玉并没亲来,只打发个妈妈送来。我就搁在那里,谁知一顿酒就忘了。"众人听了,道:"我当谁的,这样大惊小怪,这也不值的。"宝玉忙命:"快拿纸来。"当时拿了纸,研了墨,看他下着"槛外人"三字,自己竟不知回帖上回个什么字样才相敌。只管提笔出神,半天仍没主意。因又想:"若问宝钗去,他必又批评怪诞,不如问黛玉去。"

想罢,袖了帖儿,径来寻黛玉。刚过了沁芳亭,忽见岫烟颤颤巍巍的迎面走来。宝玉忙问:"姐姐那里去?"岫烟笑道:"我找妙玉说话。"宝玉听了诧异,说道:"他为人孤癖,不合时宜,万人不入他目。原来他推重姐姐,竟知姐姐不是我们一流的俗人。"岫烟笑道:"他也未必真心重我,但我和他做过十年的邻居,只一墙之隔。他在蟠香寺修炼,我家原寒素,赁的是他庙里的房子,住了十年,无事到他庙里去作伴。我所认的字都是承他所授。我和他又是贫贱之交,又有半师之分。因我们投亲去了,闻得他因不合时宜,权势不容,竟投到这里来。如今又天缘凑合,我们得遇,旧情竟未易。承他青目,更胜当日。"宝玉听了,恍如听了焦雷一般,喜的笑道:"怪道姐姐举止言谈,超然如野鹤闲云,原来有本而来。正因他的一件事我为难,要请教别人去。如今遇见姐姐,真是天缘巧合,求姐姐指教。"说着,便将拜帖取与岫烟看。岫烟笑道:"他这脾气竟不能改,竟是生成这等放诞诡僻了。从来没见拜帖上下别号的,这可是俗语说的'僧不僧,俗不俗,女不女,男不男',成个什么道理。"宝玉听说,忙笑道:"姐姐不知道,他原不在这些人中算,他原是世人意外之人。因取我是个些微有知识的,方给我这帖子。我因不知回什么字样才好,竟没了主意,正要去问林妹妹,可巧遇见了姐姐。"岫烟听了宝玉这话,且只顾用眼上下细细打量了半日,方笑道:"怪道俗语说的'闻名不如见面',又怪不得妙玉竟下这帖子给你,又怪不得上年竟给你那些梅花。既连他这样,少不得我告诉你原故。他常说：'古人自汉晋五代唐宋以来皆无好诗，只有两句好，说道："纵有千年铁门槛，终须一个土馒头。"所以他自称'槛外之人'。又常赞文是庄子的好，故又或称为'畸人'。他若帖子上是自称'畸人'的，你就还他个'世人'。畸人者，他自称是畸零之人，你谦自己乃世中扰扰之人，他便喜了。如今他自称'槛外之人'，是自谓蹈于铁槛之外了，故你如今只下'槛内人'，便合了他的心了。"宝玉听了，如醍醐灌顶，嗳哟了一声，方笑道："怪道我们家庙说是'铁槛寺'呢，原来有这一说。姐姐就请，让我去写回帖。"岫烟听了，便自往栊翠庵来。宝玉回房写了帖子，上面只写"槛内人宝玉熏沐谨拜"几字，亲自拿了到栊翠庵，只隔门缝儿投进去便回来了。

上面两段话，宝玉生日，妙玉拜帖，署名"槛外人"，宝玉不知如何回帖，忙要去问黛玉，途遇岫烟，岫烟也正要去找妙玉说话，其实岫烟多半也收到了妙玉的拜帖，因为宝玉、岫烟、平儿、宝琴、四儿五人都是同一天生日，岫烟与宝玉讲了妙玉自称"槛外人"的由来，以及如何回帖等事由。

岫烟的一段话，信息量很大。首先是妙玉的出身，本在蟠香寺修炼，与岫烟邻居十年，岫烟的启蒙老师。推断妙玉早年可能因为家庭变故而入寺，文化水平较高，不似平常人家女子。其次是妙玉转投栊翠庵，是因为不合时宜，权势不容。寺庙本是佛家清净之地，如何又会牵扯到时宜？在寺庙里修行的年轻女子，又怎会得罪权势？想来跟明清时期寺院乱象有关。前一问可以理解为妙玉是耿介之人，见不得寺院杀人越货、淫乱败坏风气，难免有所指斥，故不合时宜。后一问可以猜测为有权势之族欲与妙玉苟合，妙玉誓死不从，故容身不得。关于明清寺院乱象大家可参考明代冯梦龙的《三言二拍》和晚清刘鹗的《老残游记》，以及明清几则关于寺院乱象的大案记载。再次是妙玉的性格，崇尚庄子，自称"畸零之人"；喜欢读诗，说"古人自汉晋五代唐宋以来皆无好诗，只有两句好"。已是见识不凡，更有"槛外"之说，清高孤介，自脱俗尘。

五、凹晶馆联句

凹晶馆联句的主要角色还不是妙玉，而是林黛玉和史湘云。两个人在凹晶馆联诗，联到最后，出现了两句非常有名的句子，大家都记得，一句是"寒塘渡鹤影"，一句是"冷月葬花魂"。史湘云和林黛玉这两个句子非常好，堪称绝唱！就在林、史二位停下来，相对感叹的时候，一语未了，只见栏外山石后转出一个人来，竟是妙玉。这是第一次看到妙玉出庵。妙玉把她们带到了栊翠庵里。妙玉说："如今收拾，到底还该归到本来面目上去。"这句话含义很深，表面上是说你们已经联了二十二韵了，我要把它做一个了结，续成三十五韵，使它完整、清爽。接着说，"若只管丢了真情真景，且去搜奇捡怪"，一则失了咱们的闺阁面目，二则也与题目无涉了"。注意闺阁二字，妙玉自称"槛外人"，却一日未曾息却"槛内人"之心思。她人在庵中，却心有情爱，她爱的似乎并不是贾宝玉，而是爱府外某一个王孙公子，她始终认为自己是闺阁中人，她不认为自己因为种种原因成为这样一个尼姑，就必须去遵守那些佛教的清规戒律。她坚定地认为自己是一个闺阁当中有尊严的女子，她享有俗世的所有女子应该享有的权益，这就是妙玉，她就这么说话。这是值得我们注意的。妙玉的语言，言为心声，妙玉的内心世界，由此可见一斑。正如第五回妙玉判词所云："欲洁何曾洁，云空未必空。"

妙玉之孤对应了黛玉的高傲，妙玉之洁对应了黛玉的高洁。然妙玉孤而成性，洁而成癖，是黛玉所不如。在妙玉口中，黛玉尚且被调侃为"俗人"，可见妙玉对世人的态度。黛玉拘于世俗，坚守着一份清高，妙玉则逃离世俗，仿佛生活在云端里，冷眼向洋看世界。所以，妙玉把黛玉的性情发展到了极端，孤之极，洁之至，作者把妙玉纳入十二钗，夸张地描写，正欲作为黛玉的一个影子，衬托黛玉高洁孤僻的一面。

第四节　湘云与黛玉

一、史湘云主要情节

还是从人物判词说起。
画面：几缕飞云，一湾逝水。
判词：

第九章 裙钗皆为黛影

富贵又何为？襁褓之间父母违；展眼吊斜晖，湘江水逝楚云飞。

又有红楼梦曲《乐中悲》为证：

襁褓中，父母叹双亡。纵居那绮罗丛，谁知娇养？幸生来，英豪阔大宽宏量，从未将儿女私情略萦心上。好一似，霁月光风耀玉堂。厮配得才貌仙郎，博得个地久天长。准折得幼年时坎坷形状，终究是云散高唐，水涸湘江。这是尘寰中消长数应当，何必枉悲伤？

这首曲子是说史湘云的，曲名《乐中悲》，是说她的美满婚姻毕竟不长。下面将史湘云主要故事情节梳理如下：

（1）史湘云一出场，就以她"爱""二"不分的娇憨形象立于读者心中。但更出人意料的是她身为千金小姐竟然大大咧咧地说："我只保佑着明儿得一个咬舌的林姐夫，……"在封建社会深海侯门里，这样的言语恐怕是很不合规矩的，也正因为口无遮拦，她的孩童天性表露无疑，人性在此初现。

（2）第二十二回，凤姐指着一个唱戏的孩子问像谁，虽然在场的人都猜着了，但各人的表现各不相同。善为人处世的薛宝钗"只一笑不肯说"，了解林黛玉的宝玉"亦不敢说"，独独孩子气的史湘云高兴地表示自己猜着了。她"笑道：'倒象林姐姐的模样儿。'"

（3）第三十二回赠戒指那段，更将史湘云的天真表露无疑。得知袭人已从薛宝钗那里得了戒指时，湘云笑道："我只当是林姐姐给你的，原来是宝钗姐姐给了你。我天天在家里想着，这些姐妹们再没一个比宝姐姐好的。可惜我们不是一个娘养的。我但凡有这么个亲姐姐，就是没了父母，也是没妨碍的。"说着，眼睛圈儿就红了。

（4）在"蘅芜苑夜拟菊花题"时，薛宝钗先是教了史湘云一番做人的道理："虽然是顽意儿，也要瞻前顾后，又要自己便宜，又要不得罪了人，然后方才大家有趣。"拟诗题时又不失时机地说："究竟这也算不得什么，还是纺绩是你我的本等。一时闲了，倒是于你我深有益的书看几章是正经。"面对这样的谆谆教导，年少不更事的湘云"心中自是感服"。于是在第二天，她一反活泼本性，以主人身份出现在宴席上，并且很稳重周到地将各色人等照顾周全。

…………

二、湘云性格特点

（一）热情豪爽，开朗乐观

曹雪芹在塑造史湘云这一形象时，还表现了她的热情豪爽。她是一个极爱说话的人，是"话口袋子"，对人对事都表现出热情。香菱要学诗，不敢啰唆宝钗，向湘云请教，她"越发高兴了，没昼没夜，高谈阔论起来"。为此，宝钗批评她"不守本分"，"不像个女孩儿家"。

其实宝钗批评得不无道理。在大观园里，湘云是个疯丫头。

　　……可记得旧年三四月里，他在这里住着，把宝兄弟的袍子穿上，靴子也穿上，额子也勒上。猛一瞧倒象是宝兄弟，就是多两个坠子。他站在那椅子后边，哄的老太太只是叫：'宝玉，你过来，仔细那上头挂的灯穗子招下灰来迷了眼。'他只是笑，也不过去。"

凡事必有个缘故。只因在叔叔婶婶家拘束惯了，大观园便是湘云的天堂福地，所以尽情释放自己。后来宝钗了解湘云在史家的情况后，就更多的是理解和关怀了。

（二）表里如一，心直口快

她表里如一，心直口快，说话不过脑子，不顾及他人感受，得罪人不自知。第二十二回《听曲文宝玉悟禅机　制灯迷贾政悲谶语》：宝玉也知道是说戏子和黛玉相像，但是不敢说，唯有史湘云笑道："倒象林姐姐的模样儿。"吓得宝玉忙对湘云瞅了一眼，使个眼色，众人却都听了这话，留神细看，都笑起来了。黛玉生气了，她也不愿意陪笑脸，倒不是因为黛玉在贾府中的地位身份的原因，而是因为大小姐的脾气上来了，在湘云的心里根本就觉得黛玉的气生得没来由。她没那么多心眼，认为只是个笑话而已。

湘云与黛玉不同。黛玉寄人篱下，处处留心，时时在意，不敢多说一句话，多行一步路。湘云虽然在叔叔婶婶家长大，但从不知避讳，有口无心惯了，在姐妹间更是不知轻重，有话拿起来便说。第二十回《王熙凤正言弹妒意　林黛玉俏语谑娇音》一节写道：

　　二人正说着，只见湘云走来，笑道："爱哥哥，林姐姐，你们天天一处顽，我好容易来了，也不理我一理儿。"黛玉笑道："偏是咬舌子爱说话，连个'二'哥哥也叫不出来，只是'爱'哥哥'爱'哥哥的。回来赶围棋儿，又该你闹'幺爱三四五'了。"宝玉笑道："你学惯了他，明儿连你还咬起来呢。"史湘云道："他再不放人一点儿，专挑人的不好。你自己便比世人好，也不犯着见一个打趣一个。指出一个人来，你敢挑他，我就服你。"黛玉忙问是谁。湘云道："你敢挑宝姐姐的短处，就算你是好的。我算不如你，他怎么不及你呢。"黛玉听了，冷笑道："我当是谁，原来是他！我那里敢挑他呢。"宝玉不等说完，忙用话岔开。

直言不讳，既容易伤人，也容易得人原谅，都知道她没心没肺，谁还和她计较什么。

（三）洒脱自然，名士风范

第六十二回《憨湘云醉卧芍药裀》中有一番精彩的描述：

果见湘云卧于山石僻处一个石凳子上，业经香梦沉酣，四面芍药花飞了一身，满头脸衣襟上皆是红香散乱，手中的扇子在地下，也半被落花埋了，一群蜂蝶闹嚷嚷地围着她，又用鲛帕包了一包药花瓣枕着。众人看了，又是爱，又是笑，忙上来推唤挽扶。湘云口内犹作睡语说酒令，唧唧嘟嘟说："泉香而酒洌，玉盏盛来琥珀光，直饮到梅梢月上，醉扶归，却为宜会亲友。"湘云慢启秋波，见了众人，低头看了一看自己，方知是醉了。

表面写的是芍药，实际是指"海棠春睡"。因而在第六十三回，湘云抽到的又是一根海棠签，题着"香梦沉酣"，诗云"只恐夜深花睡去"，黛玉即笑道："夜深"两个字，可改为"石凉"两个字。

一次下大雪，她的打扮就与众不同：身穿里外烧的大褂子，头上戴着大红猩猩昭君套，又围着大韶鼠风领。黛玉笑她道："你瞧，孙行者来了。他一般的拿着雪褂子，故意妆出个小骚达子的样儿来。"众人也笑道："偏他只爱打扮成个小子的样儿，原比他打扮女儿更俏丽了些。"她与宝玉、平儿等烧鹿肉吃。黛玉讥笑他们，湘云回击道："你知道什么？'是真名士自风流'，……我们这会子腥的膻的大吃大嚼，回来却是锦心绣口。"

芦雪庵联诗时，由于她吃了鹿肉，饮了酒，诗兴大作，争联既多且好，竟出现了薛宝琴、宝钗、黛玉共战湘云的局面。众人都笑道:"这都是那块鹿肉的功劳。"

就是写诗,她也会吟出"萧疏篱畔科头坐,清冷香中抱膝吟"的诗句。"科头"是摘掉头巾,去掉约束,放松心情,闲适散淡,俨然以隐女自居。俏丽抚媚杂染些风流倜傥,使史湘云这一形象更富有魅力了。

(四)湘云与黛玉比较分析

1.人物的身世

《红楼梦》中对黛玉和湘云两人的身世都有具体的介绍,二人都出身于名门。

林黛玉的父亲林如海祖上曾袭过列侯,林如海又任巡盐御史,也算是钟鼎之家了,可惜子孙稀少,年过四十才与夫人贾敏得此一女。贾敏即老荣国公之女。林黛玉年幼之时,母亲去世,父亲多病,而且自己从小就体弱多病,从不断药汤。外祖母史老太君怜其孤独,接来荣国府抚养。后来其父病亡,她便彻底地成为在贾家寄人篱下的孤儿。

史湘云,金陵名门史家之后,豪门千金,是贾母的侄孙女。但她从小父母双亡,由叔父史鼎抚养,而婶婶对她并不好,后来被贾母接到府中抚养了一段。袭人最早就是贾母派给史湘云的丫头。史湘云曾对袭人笑道:"你还说呢。那会子咱们么好,后来我们太太没了,我家去住了一程子,怎么就把你派了跟二哥哥,我来了,你就不像先待我了。"

从上面我们可以看出两人都是小时候父母双亡,都是贾府最尊贵的老太君的孙辈,被老人家怜惜而接到府中抚养。但姑苏林家在林黛玉出生以前就已经开始衰败,林父去世后林黛玉就无家可归,完全成为孤儿。而史湘云虽然也是父母不在,她毕竟还有个家,即便对她不好的家。她可以在不快活的时候说:"我要回家去!"这是很重要的一点。所以就在这相似的身世之中,还是有些细微的差别的。

2.人物的才情

黛玉和湘云在大观园中都是和宝钗齐名的诗坛高手,都颇有才情。但是两人的风格又有很大的差异,一个悲伤,一个旷达。

黛玉的诗词总是离不开悲伤,湘云的诗词和她的性格一样,豪迈、不拘小节。第三十七回,海棠诗社作诗,压倒群芳的是史湘云,不过史湘云还是后到的，她没有到之前，大家评的最好的是薛宝钗同林黛玉。后来迟到的史湘云又作了两首，众人大加赞赏。诗语言非常自然，清新洒脱。比如"也宜墙角也宜盆"。说这花好，种在盆里好看，种在墙角也好看，这很像她的人生态度。在家里，她父母死后，人家待她不好，过得很苦，她也能适应，到贾府来了后，换了一个很好的环境，她也适应。一个人随处都能适应，这个意思放进去了。

3. 人物的性格

林黛玉的娇弱悲伤，史湘云的健康豪迈，这种表面的差异归根到底源自二人不同的性格。

（1）敏感、忧愁与开朗、大方。林黛玉首先是个敏感的女性，她的启蒙老师贾雨村对冷子兴说，他这女学生"言语举止另是一样，不与凡女子相同"。因其母名贾敏，"他读书凡'敏'字他皆念作'密'字，写字遇着'敏'字亦减一二笔"。她到贾府时，尚在孩提，却牢记母亲生前的嘱咐，她总是眼看心想，暗暗审视；然其言行举止，却又那样彬彬有礼，适份合度。但我们同时也感觉到，她一开始便受到心理上的压抑。她诗思敏捷，别人写诗，总是苦思冥想，而她却"一挥而就"。她对贾宝玉说："你能一目十行，我就不能过目成诵？"的确，林黛玉的聪明在大观园里是有名的。她善于触景生情，借题发挥。例如第八回《比通灵金莺微露意　探宝钗黛玉半含酸》里，当宝玉听宝钗说吃冷酒对身体有害而放下酒杯时，正巧雪雁送手炉来，黛玉一语双关地说："谁叫你送来的？难为他费心。——那里就冷死我了呢！"雪雁说是紫鹃叫送来的，她马上又说："也亏了你倒听他的话！我平日和你说的，全当耳旁风；怎么他说了你就依，比圣旨还快呢！"她的妒意表达得多么锋利而又含蓄，机带双敲而又点滴不漏。

除了敏感以外，她还满怀忧愁，总是怕宝玉对自己不专心。或许她的早亡和这有很大的关系。虽然是名门大族、公侯的后代，但在涉及和宝玉有关的事情的时候，黛玉却有点小心眼，爱耍小脾气，还有一点不分场合。

而湘云不同，她性格豪迈，虽然也使小性，但就显得宽厚开朗多了。作为同是父母双亡的人，湘云也是同情林黛玉的，觉得两个人的命运应该是一样的。例如在第七十六回《凸碧堂品笛感凄清　凹晶馆联诗悲寂寞》里有这样几句："黛玉笑道：正是古人常说的好，'事若求全何所乐？'据我说，这也罢了，偏要坐船起来。"湘云笑道："得陇望蜀，人之常情。可知那些老人家说的不错：说贫穷之家自为富贵之家事事趁心，告诉他竟不能遂心，他们不肯信的；

必得亲历其境，他方知觉了。就如咱们两个，虽父母不在，然却也忝在富贵之乡。只你我竟有许多不遂心的事。"所言句句都在黛玉心中，湘云同黛玉一样是无父母寄人篱下之人，但湘云之心却有揽万物之度，岂一般小女子之能比。这里黛玉的忧愁却衬托出了湘云的豪迈之情。

（2）对人的态度。湘云与黛玉身世虽近，却是一个乐观，一个悲观；一个合群喜聚，一个独处喜散，在对人的态度也截然不同。

黛玉"孤高自许、目无下尘"，除了宝玉以外，似乎别人都不在她的眼里。连对赵姨娘、贾环等人都是"正眼不看一下"，所以不得下人之心。平心而论，这不是说明黛玉看不起人，这主要是和她性格有很大关系，她一直有一种自我保护意识。而湘云却与丫鬟们非常友善。第三十一回中，她亲自带给袭人几个丫鬟绛纹戒指，与先前叫人送来给大观园姑娘们的一样。三十八回中，湘云宴请贾府中女眷吃螃蟹，不忘叫人给赵姨娘装满两盆子送去，且一并摆了两桌让太太少奶奶房里的丫鬟们坐下慢品，等夫人们走后，又摆一桌请姑娘们房里的丫鬟，并让一旁伺候的婆子、小丫头们都坐了尽兴吃喝。可见她尊卑之分的观念不很强烈。第三十二回中袭人开玩笑说她"拿小姐款儿"，湘云立马叫冤枉。袭人原是贾母屋里的丫头，服侍过湘云。湘云从不因自己是主子小姐，而对奴才丫头另眼看待。虽为名门闺秀，作风却更像平民家的女儿，没有一点架子，这是大观园里面众小姐们万万不及的。当然，这与她在自己家中地位有关。正如袭人所说："她不比你们自在，家里又作不得主儿。"少失怙恃的湘云虽有小姐之名，却无小姐之实，从小与奶娘、丫鬟们生活在一起，所以与下人没有距离感。

（3）反叛精神。林黛玉虽然从小父母双亡，寄人篱下，但她生性孤傲，敏感细腻，和宝玉志同道合，从不劝宝玉走封建的仕宦道路。她蔑视一切功名权贵。如：当贾宝玉把北静王所赠的圣上所赐的名贵念珠一串送给她时，她却说："什么臭男人拿过的，我不要这东西！"在封建社会敢公然藐视皇公贵胄的赏赐，她可以算是第一人了。

史湘云她敢于烧新鲜的鹿肉，大嚼以饱口腹。敢于喝醉酒后在园子里的大青石上睡大觉。她和宝玉也算是好朋友，在一起时，有时亲热，有时也会恼火，但她襟怀坦荡，从未把儿女私情略萦心上。

4. 人物的命运

林黛玉的命运更集中更强烈地体现在她对贾宝玉的爱情之中。她和宝玉的爱情贯穿整本书中，也贯穿在她的生命里，爱情彻底飘逝了，她也就离开了人世。他们的爱情是一种新型的，历史上从未有过的，属于未来的爱情。这种爱情表现得非常纯真、深挚、坚贞。然而，爱情又是在不许自由恋爱的环境中发生、发展和生存的，这就难免有痛苦，甚至要为爱情付出生命的代价。还有她这种敏感的性格，从来都没对宝玉放心过。这种被压抑的燃烧着的爱情，只能用诗和哭来抒发，来倾泄。诗，前已叙述；哭，更是林黛玉的家常便饭。她来到人世，是为了"还泪"。她第一次见到贾宝玉，就是哭，此后，"不是闷坐，就是长叹，好端端的不知为什么，常是自泪不干的"。林黛玉的哭，分明饱含着现实人生的血泪。哭是她悲剧性格的重要表现形式之一：哭，是她对生活折磨的强烈反映；哭，是她发泄痛苦的方式。当她的爱情最后遭到毁灭时，她便"焚稿"，以生命相殉。她对贾宝玉爱得真诚，爱得执着，始终如一，至死靡它。这种爱情是怎样的至诚至坚，至纯至圣，感天地，泣鬼神，动人肺腑，撼人心灵！多少人为她洒下同情、痛惜和悲愤之泪！

至于史湘云是在史家的张罗下嫁与卫若兰，婚后不久，丈夫即得暴病，后成痨症而亡，史湘云立志守寡终身。湘云的结局到底如何，雪芹先生没有写完，"云散高唐，水涸湘江"。就当留下一些想象的空间吧。

5. 结　论

经过以上几个方面的比较，我们可以说史湘云与林黛玉两人有相近的身世，按理应该同病相怜，不会存在如此大的差异。那么究竟是什么原因造成这样的结果呢？

从比较中我们发现，形成黛玉这种人物形象的决定性因素是她的生存环境：孤独无依。作者为世外仙姝的存在安排了一个残酷的现实环境：失去除外祖母以外所有直系亲属，寄人篱下，孤独多病。从接受当时的世俗教育的角度来说，在黛玉的身边，形成了一个教育的真空。正是这个教育的真空，成就和保持了黛玉的自然人格。也正是这个教育的真空，形成和加固了黛玉的悲剧性格，使她终生都被摒弃在世俗的幸福之外。

她以花自喻，感叹寄人篱下的命运。事实上，与史湘云比起来，她所受的那点"严寒"未免有些小题大做了。首先，她并非和史湘云一样，出世不久就失双亲之爱。"人皆有父，翳我独无；人皆有母，翳我独无。"这种孤独无助的心酸滋味，只有自懂事起脑海中就找不到半点对父母记忆的史湘云才能彻底解透。至于黛玉，却曾是年迈双亲的独养娇女，父母"爱之如掌上明珠"，六七岁时，其母贾敏亡故，贾母史太君于是非常怜恤这个失恃的外孙女，主动将黛玉接来抚养。因为是贾母的心头肉，所以贾府上下对黛玉也是照顾有加。尤其是府中集千娇百宠于一身的宝玉，更是对她情有独钟、呵护倍至。黛玉一来就与宝玉同住，"一个桌吃，一个床睡"，寝食起居，迎春、探春、惜春几个孙女倒是靠后。当权的王夫人、王熙凤为讨好贾母，对黛玉也从不敢怠慢，更别说有宝玉的撑腰，更助长了她任性的脾气。到黛玉十二三岁时，父亦病故，从此安心留在贾府，众人对她也并无二意。她却看到宝钗母慈女孝的亲情状就要触景伤情，认为是在故意气她，又猜忌下人们会不会因她寄人篱下而嫌她多事，始终不能释怀。

黛玉讽刺湘云是"公府千金"，那么我们且来看看这位"千金小姐"在家中又是什么待遇。书中并未有湘云因自己遭遇向人诉苦的正面描写，但第三十二回，通过宝钗之口，可以得知，湘云在家每每做活都要做到三更半夜，倘若替别人做一点半点儿，史家的奶奶、太太们还不受用！千金小姐被人这般使唤，恐怕贾府丫鬟们的处境都要好过于她。第三十六回，史家打发人来接湘云回去，按黛玉的话说是有家可回的，多么幸福！但我们只是看见湘云眼泪汪汪的，只有宝钗心内明白！一向快乐开朗的史湘云竟如此畏惧回家，以至于要伤心落泪，还怕被家里派来的人看到，侯府千金居然这般委屈可怜，足以见得她在家中是何等处境。黛玉与她相比，岂非有天壤之别？

但湘云与黛玉相比，虽然父母双亡但毕竟有家可以回，来贾府可以当成是走亲戚，有一定的独立性，即便在家也做不了主，也比完全寄人篱下的黛玉强。她的身后毕竟还有强大的史府。她生气了，可以收拾东西回家。可以说，湘云能够保持豪爽坦荡的个性，与她背后的那个史府还是很有关系的。林黛玉在贾府的痛感"一年三百六十日，风刀霜剑严相逼"，可是，她能赌气说"走"吗？她能走到哪里去？她只有走进自己的内心世界，走入诗词的文字世界，在这两个世界之间泣诉自己的凄苦愁怨。孤独无依而又体弱多病，使林黛玉可以更大限度地逃避俗务，拥有相对自由的个人情感空间。

综上所述，黛玉性格的突出特征可以用下句话中四字概括：

"孤标傲世偕谁隐，一样花开为底迟？"——孤标傲世。

湘云的性格可以借用一副对联中四字来表达：

"唯大英雄能本色，是真名士自风流。"——名士风流。

"寒塘渡鹤影，冷月葬花魂。"揭示了湘云和黛玉共同的身世命运，但两人的性格走向却截然不同。湘云选择的不是一种出世孤傲，而是一种入世的情趣。趁兴时大块吃肉，忘形时挥拳拇战，偶尔女扮男装，平日里佻达洒脱，顾盼间神采飞扬，此等豪迈放达，即须眉男儿也怕难以企及。在大观园中，史湘云的身世既富且贵，虽因家道中落、不复为富，却也不端着贵族的空架子。她既无视高低贵贱，又不拘于男女之别、与人相交一片本色，无功利之心。湘云所有，皆黛玉所不足。曹公刻意安排二人的性格对比，恰是曹公理想人格的映照。

这是古代文人面对当时社会现实，从一个理论基础——老庄思想出发，所采取的两种人生态度。他们思想是相同的，而处事态度不同。以魏晋名士嵇康和阮籍比况，湘云之"疯"可比阮籍之狂，黛玉之"孤"可比嵇康之傲。

或许，曹公理想的人格符号，应该是兼具黛玉之聪慧、宝钗之德行、湘云之豪爽？然而世上哪有十全十美之人，况且她们性格中多有龃龉之处。所以，有人说，谈恋爱就选林黛玉，爱得轰轰烈烈；过日子就选薛宝钗，过得舒舒服服；交朋友就选史湘云了，玩得开开心心。

第五节　秦可卿的符号特征

一、秦可卿的出身

秦可卿一生下就是个弃婴，被养生堂收养。营缮郎秦业因当年无生育，便向养生堂抱养了她，给她起了个小名唤可儿。秦业五旬之上生了秦钟，就是秦可卿无血缘的弟弟。秦可卿长成个大美人，嫁给贾珍之子贾蓉为妻，脂砚斋评她"贫女得居富室"。原著特别交代她的小名贾府从无人知道，意味着她出身养生堂的秘密被秦业隐瞒得好好的，贾府始终相信她是秦业的亲生女儿。

秦可卿嫁入贾府后，获得了合族上下的同声赞美。尤氏护着她，贾母怜惜她。凤姐与她感情尤深，时常去找她说话。有一次，贾珍之妻尤氏请贾母、王夫人等赏梅，贾宝玉醉了酒要睡午觉，秦可卿主动请缨安排。贾宝玉在她的卧房里梦入太虚幻境。警幻仙子带他游览一遍太虚幻境之后，将可卿许配与贾宝史王薛四大家族的败因，没必要把她列进十二钗。现在从"诸因之因"角度看，秦可卿的形象设定分明是作者在从哲学角度解释红楼儿女的悲剧意义。一方面是"问世间情为何物，直教人生死相许"历史命题，一方面是"自古佳人多薄命""前尘往事断肠诗"的悲惨现实。

第六节　李纨形象的符号意义

如果说，秦可卿是情的化身，李纨则是寡欲的符号标志。

贞静淡泊、清雅端庄、处事明达，却又超然物外。她是深巷中一泓无波的古井，她是暮霭里一声悠扬的晚钟。那古井，那晚钟，沉静，从容，却也沧桑。

看李纨的花名签：一枝老梅写着"霜晓寒姿"四字，那一面旧诗是：竹篱茅舍自甘心。出自宋代王琪《梅》："不受尘埃半点侵，竹篱茅舍自甘心。只因误识林和靖，惹得风流说到今。"

看她的住所：稻香村题额"杏帘在望"，对联"新涨绿添浣葛处，好云香护采芹人"。"数楹茅屋"，外面"编就两溜青篱"，"下面分畦列亩，佳蔬菜花，漫然无际"，俨然是一派"竹篱茅舍"的农家风光。这个住所非常符合主人清心寡欲、自甘寂寞的性情。

看她的出场介绍：原来这李氏即贾珠之妻。珠虽夭亡，幸存一子，取名贾兰，今方五岁，已入学攻书。这李氏亦系金陵名宦之女，父名李守中，曾为国子监祭酒，族中男女无有不读诗书者。至李守中继承以来，便谓"女子无才便为德"，故生了便不十分认真读书，只不过将些《女四书》《列女传》读读，认得几个字罢了，记得前朝的几个贤女便了；却以纺绩女红为要，因取名为李纨，字宫裁。因此这李纨虽青春丧偶，且居处于膏粱锦绣之中，竟如槁木死灰一般，一概不问不闻，唯知侍亲养子，外则陪侍小姑等针黹诵读而已。

看她的判词画面：一盆茂兰，旁有一位凤冠霞帔的美人。

也有判云：

　　桃李春风结子完，到头谁似一盆兰。

>如冰水好空相妒，枉与他人作笑谈。

凤冠、霞帔，均朝廷赐予，暗切"宫裁"二字。这画面表示贾兰中举做了高官，李纨成了诰命夫人。

如冰水好：在此前解释李纨判词中，我们将冰水解释为母子相依相荣的关系，这里再引用另一种说法，对我之前的解释做个补充。有人说，如冰水好是比喻生和死是紧密相依的。《淮南子·俶真训》："夫水向冬则凝而为冰，冰迎春则泮而为水，冰水移易于前后，若周员而趋，孰暇知其所苦乐乎？"唐代诗僧寒山《无题》诗云："欲识生死譬，且将冰水比。水结即成冰，冰消返成水。已死必应生，出生还复死。冰水不相伤，生死还双美。"这两句意谓生死荣枯，都是变化交替的。李纨一生奉行三从四德，晚年诰命加身，只不过得了个虚名儿，白白地成了人家的笑谈。

其实李纨并非天生甘于寂寞，与众姐妹在一起时，没了礼法的束缚，李纨便显得格外活泼，亦不乏幽默。如第六十三回宝玉过生日，到了晚间，大观园群芳开夜宴，李纨笑道："有何妨碍？一年之中不过生日节间如此，并不夜夜如此，这倒也不怕。"与姑娘们相比，李纨则更无所顾忌。不仅如此，她还和姑娘们玩得十分开心，甚至她还和湘云等人一起强死强活地灌探春喝酒。这时的李纨已忘记自己特殊身份，忘了那束人的礼教，于是一个充满活力的青春女性形象便展现在我们眼前。探春被黛玉打趣，便央求李纨解围："这是个什么，大嫂子顺手给她一下子。"这时李纨笑了笑说："人家不得贵婿反挨打，我也不忍的。"她的幽默风趣把大家都逗笑了。

大观园外的李纨被礼法束缚了个性，使她不得不在礼法的夹缝中生存。但远离了世俗牢笼，在大观园相对纯净的女儿理想王国里，李纨便增添了前所未有的活力，与其主色调"槁木死灰"冲突。作者正是通过这一冲突来展现封建礼教压抑人天性的残忍。因此，李纨虽形枯如槁木，而心却不像死灰一般。李纨也是一个有血有肉、感情丰富的被封建礼教压抑、为封建礼教陪葬的悲剧性人物。

李纨形象的设置，是不是意在暗示红楼女儿悲剧命运的根本原因，就在于强大的封建伦理道德对女性的荼毒呢？

第七节　元迎探惜四姐妹符号特征

元春、迎春、探春、惜春四姐妹从性格上看，只有惜春与黛玉有接近之处，两人都有点口冷。但我以为，元迎探惜四姐妹虽个性不同，每个人都有各自的符号意义，但对于黛玉这个核心形象来说，四姐妹组合到一起更有特殊价值。

第一，四姐妹的名字连起来，是元迎探惜，按谐音双关就是"原应叹息"，揭示了姐妹们无论富贵与贫穷，无论高贵与卑贱，无论才高与才低，无论美丽与普通，无论脱俗与平庸，结果都落得个悲剧结局。

第二，四姐妹的名字含有时间概念。从元春到惜春，从盛世到末季，无论花季还是涩季，无论为人妇还是初长成，从元春省亲抱怨"被送去那个见不得人的地方"，到惜春"勘破三春景不长"，以四姐妹为代表的女儿命运，时时刻刻被操纵在一只无形大大手里，半点不能自主。

四姐妹作为一个群体符号，更能完整全面地表达红楼女儿的悲剧命运。这命运，黛玉也罢，宝钗也罢，湘云也罢，谁也没能挣脱。

第二十二回贾政猜谜语一节，元迎探惜四姐妹谜语非常耐人寻味。

元春谜语：

> 能使妖魔胆尽摧，身如束帛气如雷。
> 一声震得人方恐，回首相看已成灰。

贾政奉贾母之命一个个猜去，第一个就是元妃这首谜语。他猜："这是爆竹吗？"宝玉答："是。"

"妖魔"应当是象征贾家的政敌。当贾家家运兴旺、势力煊赫的时候，谁不惧怕他家？特别是元春当了"娘娘"，贾家成了"皇亲国戚"，眼睛里还有谁？秦氏出丧、元妃省亲之类的盛大举动正是"一声震得人方恐"之时，上自王公贵族，下迄市井小民，谁不啧啧艳羡？然而否极泰来，烈火烹油的盛举之后，接着就是烟消火寂之时，元春的谜语成了她的家族命运的极恰切的谶语。

迎春谜语：

> 天运人功理不穷，有功无运也难逢。
> 因何镇日纷纷乱？只为阴阳数不同。

这首谜语的谜底是算盘，谜面的语言句句双关。

贾赦想选个有财有势的贵婿，结果把女儿送进"中山狼"的口里。对迎春的婚配，贾母心中不称意，又不想出头多事；贾政深恶孙家，"劝谏过两次，无奈贾赦不听"；宝玉为此痴痴呆呆的，也只能跌足自叹；王夫人十分怜惜迎春，也只能劝她服从命运……都曾乱纷纷地拨弄过算盘，结果都是"有功无运"，迎春这个善良的姑娘终于断送了青春性命。作者为迎春拟作的这首谜语，其实是一首带有浓厚宿命色彩的自伤自悼的抒情诗，同时也是闺中女儿命运不能自主的无奈心情的告白。

探春谜语：

阶下儿童仰面时，清明妆点最堪宜。
游丝一断浑无力，莫向东风怨别离。

贾政猜是"风筝"，探春笑答："是。"

作者每写及探春命运时，总用风筝暗喻。她的判词前面着两人放风筝，第七十回探春的软翅凤凰风筝被风刮走，这首谜语又是说的风筝。探春的命运犹如断线风筝，将要远嫁他乡。

惜春谜语：

前身色相总无成，不听菱歌听佛经。
莫道此身沉墨海，性中自有大光明。

贾政猜是"佛前海灯"，惜春笑答："是。"海灯是点在寺庙里佛像前的长明灯，隐喻惜春出家为尼。

对惜春将来出家为尼，作者充满悲悯、同情。出家修行，可以成佛作祖，永生不死，这不是俗世最羡慕的吗？然而，试问，从古至今有几个人真正相信生死轮回？那不过是自欺欺人的一种精神安慰而已。"性中自有大光明"是带有苦涩味道的解嘲的话；"听佛经""沉墨海"等句才见作者的真情。试看前面判词："可怜绣户侯门女，独卧青灯古佛旁"，写得多么惨淡凄凉。

贾政在惜春"海灯"谜面之后总括一干不祥："贾政心内沉思道：'娘娘所作爆竹，此乃一响而散之物。迎春所作算盘，是打动乱如麻。探春所作风筝，乃飘飘浮荡之物。惜春所作海灯，一发清净孤独。今乃上元佳节，如何皆作此不祥之物为戏耶？'心内愈思愈闷，因在贾母之前，不敢形于色，只得仍勉强往下看去。"在不知是宝钗还是黛玉所做"更香"谜面之后,贾政再次不胜悲戚:"贾政看完,心内自忖道:'此物还倒有限。只是小小之人作此词句,更觉不祥,皆非永远福寿之辈。'想到此处,愈觉烦闷,大有悲戚之状,因而将适才的精神减去十分之八九,只垂头沉思。"

第三,十二钗中,巧姐年幼,前八十回没有什么故事,后四十回也少有刻画,讨论人物时可以忽略不计,所以众姐妹中惜春年龄最小,似乎是生来为红楼女儿画句号的。我们重点说说惜春。

红楼女儿无一例外,都逃不过悲剧命运,作者怜香惜玉,为红楼女儿计,苦苦探索着一条出路。然而在那样一个时代,那样一个被封建伦理道德禁锢得铁桶一般的社会氛围,作者哪里找得到答案。"独上高楼,望尽天涯路",没有一条路是光明路,幸福路。"众里寻他千百度,蓦然回首,那人却在,灯火阑珊处。"热闹尽头是凄凉。去路便是来路,人生何须问前程。惜春最终遁入空门,是作者能够想到的唯一一条理想途径。正应了惜春的谜语"莫道此身沉墨海,性中自有大光明"。

清人王雪香在《石头记论赞》中曰:人不奇则不清,不僻则不净,以知清净法门,皆奇僻性人也。惜春雅负此情,与妙玉交最厚,出尘之想,端自觊始矣。是的,在大观园中除邢岫烟外与她交厚的都是些出家人,如妙玉、智能儿等。她的孤僻狷介是与妙玉志趣相投的内因,抄检大观园时她的丫头入画因私传东西受到谴责,这时惜春的表态不但不为入画辩解讨请,反而敦促或打,或杀,或卖,快带了她去。她说"古人说得好,'善恶生死,父子不能有所勖助'……我只知道保得住我就够了,不管你们"。又说"不作狠心人,难得自了汉","我清清白白一个人,为什么给你们教坏了我!"这些说明了惜春已由"个人本位、自我中心"的利己主义发展到了"心冷口冷心狠意狠的人"极端个人主义。实际上她只是恐惧心理作怪,不敢面对现实,不敢面对自己,只有逃避现实,以求个人的精神解脱。"勘破三春景不长"促使惜春最后落发为尼的是目睹贾府的衰败,于是按作者的安排她走上"了悟"的道路,以求躲过"生关死劫",最终也仍是归入薄命司了。所以作者以佛门之花曼陀罗比惜春。

"群钗皆为黛影",不是严格意义上的相同相近,而是从不同角度不同方面映射着黛玉的形象。或延展,或补充,前者如晴雯乃言黛玉个性之突出,后者如史湘云,以补黛玉性格之不足;或究其因,或言其果,前者如秦可卿,一切业障都源于情色二字,后者如元迎探惜四姐妹,诉说着红楼儿女的悲剧命运。香菱是本自金玉质,无奈陷渠沟,是黑恶势力的受害者,李纨道德荣于身,生命半残缺,是封建礼教的牺牲品。

第十章　林黛玉形象就是曹雪芹本人心灵印迹的投影

这一章里，我们要探讨的是曹雪芹塑造林黛玉形象的真实意图。

第一节　曹雪芹其人

曹雪芹，名霑。"霑"字取《诗经·小雅·信南山》"既优既渥，既霑既足，生我百谷"，有"世霑皇恩"之意。"雪芹"二字出自苏轼《东坡八首》之三："泥芹有宿根，一寸嗟独在；雪芹何时动，春鸠行可脍。"曹雪芹的曾祖母孙氏做过康熙帝的保母，祖父曹寅做过康熙帝的伴读和御前侍卫，后任江宁织造，兼任两淮巡盐监察御史。在康熙、雍正两朝，曹家祖孙三代四个人主政江宁织造达五十八年，家世显赫，有权有势，极富极贵，成为当时南京第一豪门，天下推为望族。康熙六下江南，曹寅接驾四次。不过，曹雪芹晚生了几年，并没有亲历康熙南巡盛事。

乾隆十二年（1747），曹雪芹三十三岁，大约于这一年移居北京西郊。此后数年内住过北京西单刑部街，崇文门外的卧佛寺，香山正白旗的四王府和峒峪村，镶黄旗营的北上坡，白家疃（西直门外约50里）。这一时期，曹雪芹住草庵，赏野花，过着觅诗、挥毫、唱和、卖画、买醉、狂歌、忆旧、著书的隐居生活，领略了北京市井文化。此时曹雪芹生计艰难，一是靠卖字画维持生计，一是靠福彭、敦诚、敦敏、张宜泉等亲友的救济补助家用，敦诚《赠曹芹圃》诗云："满径蓬蒿老不华，举家食粥酒常赊。"曹雪芹长恨半生潦倒，一事无成，"在那贫穷潦倒的境遇里，很觉得牢骚抑郁，故不免纵酒狂歌，自寻派遣"。

第十章　林黛玉形象就是曹雪芹本人心灵印迹的投影

　　曹雪芹早年托赖天恩祖德,在昌明隆盛之邦、花柳繁华之地、诗礼簪缨之族、温柔富贵之乡享受了一段锦衣纨绔、富贵风流的公子哥生活,日子过得心满意足,"每日只和姊妹丫鬟们一处,或读书,或写字,或弹琴下棋,作画吟诗,以至描鸾刺凤、斗草簪花、低吟悄唱、拆字猜枚","只在园中游卧,每每甘心为诸丫鬟充役,竟也得十分闲消日月"。他终生都对这段幸福生活记忆犹新,在《红楼梦》开卷第一回《作者自云》中亲切地呼曰"梦幻"。

　　曹雪芹"补天"之志从未懈怠,直至晚年,友人敦诚《寄怀曹雪芹》还在安慰他:"劝君莫弹食客铗,劝君莫叩富儿门。残羹冷炙有德色,不如著书黄叶村。"意思是因罪臣之后的身份及其他原因,曹雪芹的个人奋斗遭遇艰难险阻,敦诚劝他知难而退,专心著书。曹雪芹亦不负所望,在隐居西山的十多年间,以坚韧不拔之毅力,将旧作《风月宝鉴》"披阅十载,增删五次",写成了巨著《红楼梦》。

　　曹雪芹南游回京后,仍在继续写作《红楼梦》。乾隆二十七年(壬午1762年),曹雪芹四十八岁,因幼子夭亡,陷于过度的忧伤和悲痛,卧床不起,大约于这一年的除夕病逝于北京。敦诚作《挽曹雪芹》,敦敏作《河干集饮题壁兼吊雪芹》,张宜泉作《伤芹溪居士》。

第二节　荒唐言里味真味

　　《红楼梦》的第一回,作者曹雪芹有几句自我评价:"满纸荒唐言,一把辛酸泪。都云作者痴,谁解其中味?"原文是这样:

　　　　空空道人听如此说,思忖半晌,将《石头记》再检阅一遍,因见上面虽有些指奸责佞贬恶诛邪之语,亦非伤时骂世之旨,及至君仁臣良父慈子孝,凡伦常所关之处,皆是称功颂德,眷眷无穷,实非别书之可比。虽其中大旨谈情,亦不过实录其事,又非假拟妄称,一味淫邀艳约,私订偷盟之可比。因毫不干涉时世,方从头至尾抄录回来,问世传奇。从此空空道人因空见色,由色生情,传情入色,自色悟空,遂易名为情僧,改《石头记》为《情僧录》。东鲁孔梅溪则题曰《风月宝鉴》。后因曹雪芹于悼红轩中披阅十载,增删五次,纂成目录,分出章回,则题曰《金陵十二钗》,

并题一绝云：

> 满纸荒唐言，一把辛酸泪！
> 都云作者痴，谁解其中味？

这是《红楼梦》唯一一处以作者身份题写的诗句，显然有书序之意，说明写作背景、原因、过程及主要内容。相当于今之作文的"题记"。

这首绝句大致可从两个角度理解，一、三两句是读者的角度，二、四两句是作者角度。

从读者角度看，《红楼梦》"大旨谈情"，"满纸荒唐言"。所谓"荒唐言"，指从封建制度的正统观念角度来看，作者笔下呈现出来的"卿卿我我，儿女痴情""晨风夕月，阶柳庭花"以及"家庭琐事，闺阁闲情"，如他的"石头幻形入世"一样皆是荒唐的，无关政治朝纲，无助经济仕途。与古之风花雪月才子佳人无有区别，为经纶世务的正人君子们不齿。所谓"作者痴"，一是饿着肚子不干正事，一味痴迷于"荒唐言"；二是"批阅十载，增删五次"，废寝忘食十年磨一书，岂非痴人说"梦"。

第二句是从作者的写作初衷角度，向世人的告白。"一把辛酸泪"是第四句"谁解其中味"的答案。作者何"泪"之有？一是作者道尽写作之艰难，构思之良苦，衣带渐宽终不悔，甘苦唯有自身知。二是说书中角色亦不过"实录其事"，怀金悼玉，与黛玉同哭，为群钗落泪。三是言家道沦落，世态炎凉，人生不易，捧书伤己，故红楼一书，字字皆血泪也。其四，作为知识分子，目睹官场之怪现状，感喟古圣先贤之情怀，以己度人，为广大知识分子怀才不遇、志不得舒而疾首痛心，遂有为天下文人一大哭之意。然个中深意，几人能解？一念至此，唯有整日以泪洗面，以至泪尽而亡。

脂砚斋曾在《红楼梦》中写下批语："能解者方有辛酸之泪，哭成此书。"表面上，作者痴缠于儿女痴情，可是又有谁，能够真正地理解其中所蕴含的思想呢？正如作者生前所担心的一样，两百多年来，人们对《红楼梦》以及作者的议论真可谓是五花八门，层出不穷。其中欣赏作者妙笔生花者有之，挑拣书中的繁华歌舞者有之，更不乏一些"色空说""自传说""诲淫之书"的曲解，主张对其焚毁灭绝。正所谓，有多少种眼光，赋予《红楼梦》的便有多少种说法。一如鲁迅先生的那句：经学家看见《易》，道学家看见淫，才子看见缠绵，革命家看见排满，流言家看见宫闱秘事。但是，每个人看到的都不是完整的《红楼梦》。

比如小说第一回中空空道人的话："……其中不过几个异样男女子，或情或痴，或小才微善，亦无班姑蔡女之德能"。"班姑"：班昭，班固的妹妹，后来续写了班固《汉书》。好为人师，人称"曹大家"（夫姓曹。'家'音'姑'）。"蔡女"：蔡邕之女。名琰，字文姬，传制"胡笳十八拍"。陷于匈奴左贤王，后曹操将其迎回中原。她俩都是一代女文豪。

这里作者的"无班姑蔡女之德能"，似贬实褒，内含因不被世人理解而产生的孤独、伤感的情绪。

《红楼梦》这部伟大的作品就被当时的世人贬为"满纸荒唐言"。但正是这部看似荒唐，却蕴含着葬送一个旧时代的悲剧故事！

红粉何止千千万万，红学著作浩如烟海，然而恐怕没有人真正能读懂红楼梦，但是这并不影响我们品读"其中味"。只要我们采取科学的分析方法，而不是哗众取宠，就一定会离作者的内心世界越来越近。

下面试就文中几句耐人寻味的语句谈谈个人感悟。

第一句："女儿是水做的骨肉，男人是泥做的骨肉，我见了女儿，便清爽，见了男子，便觉得浊臭逼人。"

这是书中贾宝玉的妙语。男子与女儿，泥与水，浊臭与清爽……，男子追求仕途经济，混迹于官场朝野，勾心斗角，尔虞我诈，挑拨离间，落井下石，丑态毕现。是如泥在涂，顽石在厕，故浊臭熏人。大家可以读一读明代宗臣写的《报刘一丈书》，文中将投机钻营、阿谀奉承、巴结讨好的官场丑态写得栩栩如生，批判得淋漓尽致。女儿则深居简出，针织女红，琴棋书画，不染风尘，如风荷独立，如竹露清响，令人心爽神怡。故女儿是水，有"明月松间照，清泉石上流"的空明寂静，有"水真绿净不可睡，鱼若空行无所依"的清澈舒爽。作者所写绝非宝玉的乖僻，而是在这种尖锐的对立中表达了对人生对社会对知识分子生存状态的认识。

宝玉说："女孩儿未出嫁，是颗无价之宝珠；出了嫁，不知怎么就变出许多的不好的毛病来，虽是颗珠子，却没有光彩宝色，是颗死珠了；再老了，更变的不是珠子，竟是鱼眼睛了。"看看红楼梦里的老妈子就知道了，唯利是图，见缝插针。这是从女儿到女人的变化，很符合少女为"妙"的意思。《红楼梦》设置妙玉这个形象，意在诠释女儿是水的含义。少女是"初长成"，是"如初见"，是"豆蔻梢头二月初"。

在《红楼梦》里，宝玉所见到的男人有达官贵人，文痞幕僚，市井闲人，苦力役夫，当然包括他的父辈兄弟，这些都是他感觉到"浊臭逼人"的"泥做的骨肉"。确实，贾宝玉身边的男子虽然有老有少，性格上也并非简单划一，但却共同构成了无灵魂、无精神、无生气、无诗情的腐朽的一群。然而，另外一方面，这"浊臭逼人"的男人又不仅仅是贾府的特别产品。"家国同构"，贾府实际上就是整个封建社会的一个小小缩影。我们可以看出《红楼梦》批判现实的力度。

第二句：假作真时真亦假，无为有处有还无。

这是《红楼梦》中太虚幻境中的对联，是非常有禅境的一副对联。这副对联在《红楼梦》中曾两度出现：第一回是甄士隐在梦幻中所见，第五回是贾宝玉在游太虚幻境中所见。可见作者对这副对联的安排是大有深意的。这副对联看似简略，然道理相当深刻。王希廉《红楼梦总评》云："读者须知，真即是假，假即是真；真中有假，假中有真；真不是真，假不是假。明此数意，则甄宝玉贾宝玉是一是二，便心目了然。"这副对联可谓是总括了《红楼梦》创作手法上的某些规律。对联所言，把假当真，则真的便成了假的了；把没有的视为有的，有的也就成了没有的了。作品中，红楼女儿的故事是假，但其中反映的天下女儿的命运却是真。作者写群钗是假，但群星拱卫黛玉形象却是真。作者刻画黛玉的个性特征是假，反映旧时知识分子的性格及命运却是真。读起来栩栩如生形象逼真，但形象背后又隐隐有一个被抽象了的影子，时隐时现，若真若幻，这便是真真假假的真意所在。

第三句：可知世上万般，"好"便是"了"，"了"便是"好"；若不"了"，便不"好"；若是"好"，须是"了"。

这句出自《好了歌》。《红楼梦》中经典诗词，小说中为跛足道人所做。跛足道人唱了那首《好了歌》，然后又对甄士隐说了上面那句话。意思很明确，了就是了却、了结，就如同佛家说的看破、看透。

世人都晓神仙好，只有功名忘不了！
古今将相在何方，荒冢一堆草没了！
世人都晓神仙好，只有金银忘不了！
终朝只恨聚无多，及到多时眼闭了！
世人都晓神仙好，只有娇妻忘不了！
君生日日说恩情，君死又随人去了！

第十章　林黛玉形象就是曹雪芹本人心灵印迹的投影

世人都晓神仙好，只有儿孙忘不了！
痴心父母古来多，孝顺子孙谁见了！

功名、金银、娇妻，佛家称之为"色"，用现在的话统称为物欲。所谓色即是空，空即是色，是说一切物欲都将归于无有，没有必要执着一念，凡事都须放下。只有放下，才能解脱一切烦恼。

但人不是佛，也不是神，谁能真的放下呢？好就是了，了就是好，勘破却不能看破，看得明白不一定做得到，扰扰红尘，谁能真的超世脱俗？《好了歌》终是牢骚而已。

第四句："弱水三千，我只取一瓢饮。"

（1）"弱水"始见于《尚书·禹贡》："导弱水至于合黎。"孙星衍《尚书今古文注疏》："郑康成曰：'弱水出张掖。'"

（2）"三千"盖出于佛家三千大千世界，是佛学里的宇宙观，也泛称宇宙，所谓"一念三千"即此。

（3）"一瓢饮"见于《论语·雍也》：子曰："贤哉！回也。一箪食，一瓢饮，在陋巷。人不堪其忧，回也不改其乐。贤哉！回也。"

古时许多浅而湍急的河流不能用舟船而只能用皮筏过渡，古人认为是由于水羸弱而不能载舟，庄子说"覆杯水于坳堂之上，则芥为之舟，置杯焉则胶"就是这个道理，因此把这样的河流称之为弱水。后来的古文学中逐渐用弱水来泛指险而遥远的河流。《西游记》第二十二回唐三藏收沙僧时有诗描述流沙河的险要："八百流沙界，三千弱水深，鹅毛飘不起，芦花定底沉。"这是第一次正式的弱水三千的提法。

再到后来，弱水引申为爱河情海。这便是我们现在口边的弱水三千的意思。之后，男女之间信誓旦旦就开始用弱水三千只取一瓢的套话了。

《红楼梦》第九十一回《纵淫心宝蟾工设计　布疑阵宝玉妄谈禅》：

黛玉道："宝姐姐和你好你怎么样？宝姐姐不和你好你怎么样？宝姐姐前儿和你好，如今不和你好你怎么样？今儿和你好，后来不和你好你怎么样？你和他好他偏不和你好你怎么样？你不和他好他偏要和你好你怎么样？"宝玉呆了半晌，忽然大笑道："任凭弱水三千，我只取一瓢饮。"
黛玉道："瓢之漂水奈何？""宝玉道："非瓢漂水，水自流，瓢自漂耳！"
黛玉道："水止珠沉，奈何？"宝玉道："禅心已作沾泥絮，莫向春风舞鹧鸪。"黛玉道:"禅门第一戒是不打诳语的。"宝玉道:"有如三宝。"

黛玉借禅问情,宝玉借禅道情。"只取一瓢饮""有如三宝"表达了"你是我的唯一"的爱的誓言。自此宝黛二人你知我知,天知地知,私定终身。黛玉于是自觉情有所寄,身有所托矣。

第三节　曹雪芹与林黛玉之比较

作为古典名著《红楼梦》的作者,曹雪芹的生平和家世一直都备受红迷们的关注,众说纷纭。然而,无论是秉持哪种观点,几乎所有人都承认一种说法,那就是:曹雪芹曾经家世显赫,文化修养极高,性格孤傲耿介,命运坎坷不幸。而这些特点与他在《红楼梦》中精心塑造的"女主角"——林黛玉十分相似,简直就是在写他本人。

大诗人杜甫在《春望》中说:"感时花溅泪,恨别鸟惊心。"在心思敏感细腻的文人眼中,一切皆可入文。一旦动情起来,天地万物都会带上作者的情感,何况人乎?曹雪芹"呕心沥血十年"创作《红楼梦》,绝对不会仅仅是为了写几个大家族的兴衰史,替这些深闺女子留一把同情泪!他创造"林黛玉"就是为了写他自己。因为他就是林黛玉,林黛玉就是他。

一、二人都家世显赫,出身世家大族

对于曹雪芹家族的来历,红学界有辽阳说、丰润说、铁岭说三种说法。然而无论哪种说法,大家都一致同意的观点是:曹雪芹出身于清康熙年间的江宁织造府。从他的曾祖父曹玺入关以后,他们家就接任江宁织造。到曹雪芹的父亲这一辈,曹家已经主持江宁织造府五十八年。这样一个大家族,其背景之显赫当然可想而知。那么,江宁织造府在清代是管什么的呢?说简单点,就是替皇室贵族采买各种高级丝织品的直属机构;另外,明清时期,江南织造业发达,据史料记载,年产值达白银1200万两。作为朝廷丝织品专

供机构的江宁织造府也就成了皇帝的印钞机了。而织造府的"主持者"曹家自然也会得到皇帝的高看一眼。史书上就有明文记载，康熙皇帝六次南巡，有四次都住在江宁织造府。众所周知，古代皇帝出巡不是一件说走就走的旅行，需要耗费巨大的人力物力。而曹家却能在康熙皇帝有生之年接驾五次，可想而知，曹氏家族在当时不仅深受皇恩器重，而且财力雄厚，不是一般的达官显贵可以相提并论的。也正是因为出身于这样一个家世显赫的大家族，曹雪芹才能在《红楼梦》中对贾史王薛四大家族错综复杂的关系和生活起居的各种细节了如指掌，如数家珍。

而作为书中的女主角——林黛玉，和曹雪芹一样，同样也是出身显赫，家世显贵。

小说中林家很早就世袭列侯，比四大家族要尊贵许多。林如海是在《红楼梦》第二回出场的："原来这林如海之祖，曾袭过列侯，今到如海，业经五世。"通过这一点描写，我们可以知道，林家不仅出身高贵，是开国功臣五代勋爵，而且从世袭的时间上来算，甚至比贾史王薛还要早一辈：贾家到贾赦才是第三世，而林家到林如海的祖父就已经是第三世了。如果林如海不死，依林家的高贵出身，林黛玉至少也是王爷正妃的命。

其次，黛玉的母亲贾敏也出身高贵。在书中，曹雪芹虽然没有正面描述过贾敏，但曾借着宝玉的母亲王夫人之口介绍了她身份的尊贵："你林妹妹的母亲，未出阁时，是何等的娇生惯养，是何等的金尊玉贵，那才象个千金小姐的体统。如今这几个姊妹，不过比人家的丫头略强些罢了。"寥寥几句话，就道出了贾敏曾经是何等样贵重的人物。再次，林家得到了当今皇帝的信任。这一点可以从书中第二回对林如海的一段描写得知："这林如海乃是前科的探花，今已升至兰台寺大夫。本贯姑苏人士，今钦点出为巡盐御史，到任方为一月有馀。"这段文字，不仅清晰地点出了林如海的履历：殿试第三名——探花，而且说明当今皇帝很看重林家，给林如海安排的职位不仅有实权还有油水。何谓"兰台寺大夫"？这个职位，其实在汉代就有了。所谓"兰台"在汉代就是宫中藏书的地方。但"兰台寺大夫"在清代并不是一个虚职，而是很有实权的朝廷重臣，相当于皇帝的机要秘书。此外，林如海外放巡盐御史，官阶虽不是很高，但作为古代农业社会的利税支柱之一的盐业，巡盐御史自然也是个油水极大的肥缺。如果林如海不是皇帝亲近和信任的人，是不可能得到这样的职位的。只是黛玉年幼，林如海去世后，财产被处理后事的贾琏侵吞，挥霍查没，无关黛玉分文。

作为百年世家，林家得到了皇家的信任和器重，绝不是贾政一个员外郎能望其项背的，更不是薛家这样的皇商世家能相提并论的！

二、家族长辈文化程度颇高

二人从小都接受了良好的家庭教育。曹氏家族虽然一开始也是靠武功在战场上立了功才得到清王室重用的。可是等到清人入关，一统天下，曹家继任江宁织造开始，曹家整个家族的文化修养就慢慢提高了：一是，江南自古就是个文人汇集之地，人杰地灵，英才辈出。事实上，在江南为官的曹家历史上一直受到文人士子的爱戴。如果曹家本身文化修养不高，只是一介武夫，是不可能有如此高的威望的。这一点可以从曹雪芹的祖父——曹寅身上得到证明。据史料记载，曹寅是一个博学多才、诗文修养极高的人：他不仅诗赋俱佳，精通音律，擅长戏剧创作，还是个出版家、藏书家。作为诗人，曹寅笔下有很多佳句，如"绕堤柳借三分色，隔岸花分一脉香"，"纵横捭阖人间世，只此能消万古情"等。而那首《荷花》更是清新隽永的佳作："一片秋云一点霞，十分荷叶五分花。湖边不用关门睡，夜夜凉风香满家。"曹寅不仅自己文采斐然，而且与一些著名文人还颇有交往：著名的戏剧家、《长生殿》的作者洪昇与曹寅就是知己。可以说，曹家之所以能得到皇帝的信任历任江宁织造近六十年，曹寅的才华横溢也是起到了很大的作用的。因为历史上，康熙皇帝不仅精通蒙满汉三种语言，还是个对汉学很有造诣的人。

因此，作为江宁织造府的子孙，曹雪芹自小肯定也受到了很好的家庭教育。尽管他没见到过祖父曹寅，但是作为藏书家的祖父遗留下的大量的藏书还在；这些藏书以及父辈们极深的文化修养肯定会影响到曹雪芹。曹雪芹之所以能够写出《红楼梦》，成为一个伟大的作家，自然与他的家庭文化教养有莫大的关系。在《红楼梦》中出现了很多的对联，诗词和各种历史文化文学典籍，如果作者不是自小就得到了系统的家庭文化教育，是根本不可能写出来的。

在《红楼梦》中的第二回，我们知道林黛玉的父亲林如海乃是前科的探花。而探花是个什么等级的学历水平了？稍微了解一点中国古代科举制度的人都知道，探花在古代也是个"顶级学霸"，不仅身份高贵是天子门生，而且文化修养极高，是几万万学子中的精英分子。相比于林黛玉的舅舅贾政的恩科出身，林如海不靠祖上恩典，而是靠自己的努力得到了一甲探花，文化层次不知要高出多少倍。其次，前文说过，林如海被皇帝任命为兰台寺大夫，林如海能胜任这样的职位，如果没有深厚的学识是不可能办到的。有着这样一个学霸似的父亲和一个出身高贵的母亲，作为家里唯一的孩子，林黛玉从小除了生活的锦衣玉食之外，更重要的是受到了很好的家庭教育。从《红楼梦》相关描写中我们就可以得知，林黛玉自小在家中不仅熟读了《四书》《五经》这些本该男子们用来考取功名的书籍，还熟读了各种史书，杂记，小说和戏曲等。由此可见，林黛玉的家庭教育是良好的，至少有自由阅读的成分，为今人教子之读书选文提供了一个范例。而林黛玉本身在大观园的众姐妹中所表现出来的满腹才情也是她自小接受了良好教育的一个印证。

三、二人都身世坎坷，尝尽人情冷暖

古人云：物不平则鸣。曹雪芹呕心沥血十年创作出了《红楼梦》，期间的艰辛只有作者自己明了。用作者自己的话讲就是"满纸荒唐言，一把辛酸泪"。短短几句，在普通人看来，可能只是几个文字，可是对曹雪芹而言却是坎坷人生的真实写照。曹雪芹虽然出身显赫，但是"物极必反，盛极而衰"。曹家兴盛近百年，一朝天子一朝臣，等到雍正皇帝即位，曹家的厄运就开始了。先是抄家，没收财产；后是父亲被捕入狱，全家遭到流放；而后，曹雪芹和几个至亲又被监禁在北京西郊的一个小院子，形同囚犯。一时间，江宁曹家如大厦坍塌，一夜之间发生翻天覆地的变化。试问，有几个人能经受得住这样的人生巨变？更让人痛心的是世间人情的凉薄。昔日聚集在曹家周围的故交友人，在曹家败落之后，纷纷树倒猢狲散，不仅不施以援手，还落井下石，在乾隆皇帝准备赦免曹家时，就有人以曹雪芹创作《红楼梦》为借口极力诋毁曹家子孙不孝不才，最后让已有转机的曹家彻底覆灭。

在北京西郊的小山村里，曹雪芹一家住在一个四面漏风的茅草屋里，饥寒交迫，食不果腹，只能靠卖卖字画度日。他唯一的孩子也因为生病时没有银两看病而夭折。这对一个父亲来说是多么大的打击啊！在孩子去世后不久，曹雪芹便于风雪交加的新年之夜去世了。真是令人痛惜！

曹雪芹是不幸的，他倾尽心血塑造的"林黛玉"同样也是不幸的。在书中，林黛玉很小的时候母亲就去世了。而他的父亲因为怜惜她也没有续弦，因此她

自小便既无兄弟也无姐妹；而后，因为父亲无力照顾又只能远离故乡寄身外祖母家，小小年纪便要处处小心，谨慎做人；更不幸的是，到贾府没几年，父亲也去世了，她成了一个真正的孤女。可是这满腹的苦楚又无人可诉，只能日日憋在心里，自叹自伤。长此以往，黛玉本就病弱的身体便愈发消瘦了，最后终于在一个凄风苦雨的夜晚含恨去世。而她心心念念的宝哥哥此时却正与他人喜结良缘，拜堂成亲，贾府上下也一片热闹喜庆。当潇湘馆里的悲声响起之时，多少读者为之动容落泪！

同样的命运多舛，同样的尝尽冷暖，世间最怜黛玉者，非曹公莫属！世间最懂曹公者，非黛玉莫属！

四、二人都满腹才华，性格孤傲，不被世人理解

对于曹雪芹，很多读者只知道他是古典名著《红楼梦》的作者，是个著名的小说家。然而，大家可能不知道的是，曹雪芹除了小说写得好外，还是个兴趣广泛的学者，对金石、诗书、绘画、园林、中医、织补、工艺、饮食等均有所研究。除了《红楼梦》外，他还有诗集《题敦诚琵琶行传奇》，工艺学作品《废艺斋集稿》，关于绘画研究的《画石》等。如果不是因为曹家的败落，曹雪芹遗留下的作品会更多。这些残留的著作不过是沧海一粟罢了。除了这些著作，曹雪芹的书法和绘画技艺也是非常高超的。只可惜，这些作品只能在他的几个朋友的诗作中略窥一斑，难见真容。

这样一个才华横溢的人，在性情上自然是独特的。据现有史料记载，曹雪芹生性旷达，疏狂不羁，高傲孤僻，直率纯真。在曹家败落之后，曹雪芹本可以靠着家族上百年的荣耀所积累下的关系和人情去为自己谋得一个出路，但是他性格孤傲，看清了人情冷暖，再也不肯轻易向人低头；而他在创作《红楼梦》的过程中也遭到了很多的质疑和批评，甚至为此还得罪了一些关心他的人：例如两江总督尹继善。而作为他心中永远的"女主角"——林黛玉，在小说中的表现几乎是和他一样：才情纵横，孤傲不群，直率纯真。在大观园的一众姐妹中，黛玉的才情之高，从结诗社，夺魁菊花诗，教香菱做诗，为元春省亲的大观园题名一字不改被用上等都可以看出。然而，黛玉纵然满腹才华，在贾府却并不是很受欢迎。是林黛玉不通人情世故吗？不是，这样一个冰雪聪明的大家女子，对于官宦人家的人情往来怎会不知呢？从林黛玉对待袭人的态度其实就

可以看出，黛玉是个事事都明白的人；在宝玉生日那一回，黛玉说自己随意算算就能知道荣国府的财政状况。由此可以看出，黛玉是个明白人。

黛玉之所以在贾府不像宝钗那样受人欢迎，说白了就是不愿意去讨人喜欢，也不屑于去讨人喜欢。黛玉心高气傲，直率纯真，在不懂她的人眼里，她尖酸刻薄，不通人情，但这也正是她可爱的地方：不伪装，不刻意，不泯灭初心。与宝钗的八面玲珑相比，林黛玉是个真性情的人，是个最适宜作知心朋友的人。

总之，我想这个世间总有一些人，他们不肯沦为物欲的奴隶，他们能够始终坚守自己的内心世界，就像曹雪芹和他笔下的林黛玉。曹雪芹一生坎坷，在未来无望的情况下，他只能寄情于《红楼梦》，寄情于林黛玉。他将自己的不幸和对命运不公的控诉借黛玉形象表达出来。曹雪芹不是在写林黛玉，而是在写他自己，因为他就是林黛玉，林黛玉就是他。

（1）林黛玉是大观园的诗圣。黛玉的创作实际上就是曹雪芹自己的创作，林黛玉的人生体验就是作者的人生体验，作者正是在借助于林黛玉形象的精神品格和文化气质作自我人生体验的描述和表白。

（2）在极度专制的社会中，曹雪芹得不到世人的理解，被视为狂人、畸人，正像林黛玉在贾府中不被理解一样，他们之间有着相似的命运和处境。借他人之杯浇心头块垒，曹雪芹正是把他对生命的沉痛悲凉之感融化在林黛玉一句句哀婉清丽的词句当中，林黛玉形象就是曹雪芹本人心灵印迹的投影。

（3）林黛玉形象与明清知识分子的心灵境遇。在专制盛行的社会里，知识分子不被允许有思想有个性，礼教任意践踏人的生命，个体的生命被视为蝼蚁，个体的话语更被视为洪水猛兽，曹雪芹正是借自己笔下的主人公发出了"片言谁解诉秋心""天尽头，何处有香丘"的疑问，曲折道出了被压抑、被禁锢的知识分子的幽幽隐衷。

寄人篱下，孤苦无依却能保持自己的草木本心，出污泥而不染，不曲意逢迎，不装愚守拙。这其中，难道没有屈原们的影子？在她身上，作者倾注了全部的心血、才华与诗情画意，林黛玉这一形象，积淀着中国传统文化与艺术的生命信息和遗传基因，流动着中国古代文人的精神气韵。

从黛玉形象的塑造过程中，读者可以窥见存在于作者心目中的一种理想人格，这是未被那个时代的世俗力量所扭曲的自然人格。

王国维旁观看得清，红学家的聚讼往往脱离了曹雪芹人格主线，与《红楼梦》的精神与美学价值背道而驰。王国维说，要知道其"所写者非个人之性质，而人类全体之性质"。

所以说林黛玉是一个具有古典人文性格的知识分子的艺术化身。

最后，我想用蒋和森《林黛玉论》中几句话结束这节讨论："林黛玉所以能生根在我们的记忆里，并且打动了我们，也正是因为她的这个用爱情、用反抗，也用她的眼泪和痛苦以及她所特有的敏感、多疑等等，所有机化合而成的性格。这是一个由强大艺术天才的手所典型化了的性格；一个你愈是细密地注视，愈是感到可爱的性格。在这一性格中，既反映着那一时代的历史生活图画，同时又熔铸着我们民族的心理素质、精神面貌，以及为各个时代的人们所共感、所激动的东西。"

第四节　关于中国古代知识分子的性格

士人，古时指读书人，亦是中国古代文人知识分子的统称。他们学习知识，传播文化，政治上尊王，学术上循道，周旋于道与王之间。他们是国家政治的参与者，又是中国传统文化的创造者、传承者。士人是古代中国才有的一种特殊身份，是中华文明所独有的一个社会精英群体。

一、关于道

贯穿中国文化的是一个"道"字，整个文化的各个层面都是在围绕这个"道"来开展和演绎，上到治理天下，下至婚丧嫁娶、起居风俗，无不体现人们对"道"的尊重。比如，俗话说的"盗亦有道""无道昏君"。作为中国文化核心的儒、释、道三家思想也都处处体现了"道"的理念：老子的《道德经》洋洋洒洒五千言，就是反复的论述了这个"道"到底是什么。孔夫子也这样阐明了自己的志行："志于道，据于德，依于仁，游于艺。"可见，儒家修炼的核心还是这个道。佛家所说的"法"，也就相当于这个"道"，因此，修性极高的高僧也被叫做"得道"或"有道高僧"。古人认为，这个道，控制着万物一切，因此，人要想有所作为，就必须顺应天道。

二、关于道统

道统对于学者来说就是百家共同尊奉的理论准则。春秋战国百家争鸣，诸子的理论各有不同的崇尚，儒家崇尧舜之道，道家尊奉黄老。

（一）儒家道统

韩愈明确提出儒家有一个始终一贯的有异于佛老的"道"。他说："斯吾所谓道也，非向所谓老与佛之道也。"（《原道》，《韩昌黎全集》卷十一）他所说的儒者之道，即是"博爱之谓仁，行而宜之之谓义，由是而之焉之谓道，足乎己无待于外之谓德。仁与义为定名，道与德为虚位。"（同上）"道"，概括地说，也就是指作为儒家思想核心的"仁义道德"。千百年来，传承儒家此道者有一个历史的发展过程。这个过程就是"尧以是传之舜，舜以是传之禹，禹以是传之汤，汤以是传之文武周公，文武周公传之孔子，孔子传之孟轲。轲之死，不得其传焉。"

（二）道家道统

秦因为"师申商之法、行韩非子说、憎帝王之道"，二世而亡，故汉初统治者适应清静无为的黄老之术。一些统治者倡导和推行，如文帝、景帝及掌朝政的窦太后，大臣曹参、陈平、汲黯等人，使得学习黄老之术蔚然成风，黄帝成为道家祖师。而先秦时本不言黄帝的儒家，在黄帝日渐成为帝王之宗以后也开始称引黄帝，又吸收了法家、道家、阴阳五行等学说，确立了儒家的独尊地位，使以黄帝为核心的道统理论更加成熟、完备。因为黄帝的形象本是行仁义的，这与儒家的主张正相符合，故黄帝进了儒家之门，更是如鱼得水，汉代诸儒多引黄帝为其壮威。据《汉书·艺文志》所载，托名黄帝的书有阴阳、道家、小说、天文、杂占、房中、历谱、医经、经方、神仙等诸类，黄帝成了学术权威，"故为道者必托之于神农黄帝而后能入说"。这也反映了黄帝观从先秦的"杨朱哭于歧路、墨翟悲于练素者"的纷乱，发展到了"百虑而一致，殊途而同归"的统一，这正是学术和政治互相推助的结果。

三、政统与道统

在中国传统文化中，政统以君王为代表，表明皇帝具有世俗权力的合法性，而道统则以读书人为承载，担当道德标准和精神价值。如果说政统代表的是政权，那么，道统所代表的则是话语权。

韩愈认为：士人所代表的道统要比君王所代表的政统更尊贵，因为道统是儒家的"内圣之学"，政统则为"外王之学"，是先有"内圣"，方能"外王"。社会的发展也应该循着理想的道德和天理来运行，因为"道之大原出于天，天不变，道亦不变"。道是不可改变的，而政权则是可以世代更替的。但自古以来，道统与政统之间始终存在着一种张力，二者的相互作用构成了皇权，官僚和士人之间复杂的互动关系。士人不断遭到来自政统的压制和迫害，迫使他们面对"从道"还是"从君"的选择。屈于压迫而背叛了操守落入名利场的士人固然不乏其人，但有风骨的士人都竭力维护道统的尊严，使道统的精神力量超越世俗政权，并构成对政统的制约和监督。如东汉太学生贬斥浊流而前仆后继，明朝东林党人抗议恶政而视死如归，都表现了读书人对独立精神和自由思想的追求。明代理学家吕坤说："庙堂之上言理，则天子不得以势相夺。"正是这种内在的独立性，使士人在坚守道统时，可以坦然面对皇帝与权贵，超越贫富贵贱，视死如归，并铸就了士人秉持道统为帝王师的辉煌梦想。

四、士人的概念

借用易中天的说法，谈谈士的概念。

士或士人，作为概念或称呼，已经是历史了。今天没有"士"，只有"知识分子"。所谓"知识分子"，又有广义和狭义两种。广义的指"有较高文化水平，从事脑力劳动的人"，狭义的特指"社会的良心与良知"。这两种，都与"士"有关。

广义的知识分子，是士人身份的现代化。古代的士，原本就是一种"社会分工"和"职业身份"。所谓"士农工商"，即意味着农是庄稼人，工是手艺人，商是生意人，士是读书人。要求最严的时候，士人除了读书，以及因为读书而做官，不能从事别的行业。当然，躬耕于垄亩，是可以的。但，耕是副业，读是主业。耕读为本，是因为国家重农；诗书传家，才是命脉所系。亲自到地里干活，带有"体验生活"的性质。

所以，士人可以不耕，不能不读。开作坊，做生意，就更不行。刘备卖履，嵇康打铁，当时便都算"出格"。读书做官，则理所当然。《论语》中说"不仕无义"，是说你读书人知识丰富，管理能力强，应该为国家尽力，否则是逃避责任，缺乏知识分子的担当，不合道义，做官以后，也还要读书，有的还写写诗，做做学问。这就叫"仕而优则学，学而优则仕"。（《论语·子张》）

可见，古代的士，就是读书人，而且是"职业读书人"。或者说，是在读书与做官之间游刃有余的人。因为"仕而优则学，学而优则仕"的"优"，是优裕的意思。也就是说，做官轻松自如，就做点学问；治学精力过剩，就当当官员。这是古代士人的最佳状态。能做到这一点的，就是典型的士大夫。

这样的人，今天恐怕不多。今天受过高等教育的，即广义的知识分子，其实未必都读书。教科书当然是要读的，但那叫"学习"或"上课"，不叫"读书"。毕业以后，也未必都要做官，更很少有人再去务农。他们可以当白领，做律师，办企业，搞艺术，成为科学家，都正大光明，自由平等。读书，则只是业余爱好。因此，我们很难从职业身份，来认定谁是士，谁不是。甚至读不读书，也不足为凭。

不看职业，也不看读书，那看什么？看精神。实际上，士或士人在古代，既是一种"职业身份"，又是一种"文化精神"。狭义的知识分子，则是士人精神的再传承。因此，我们这里所说的士人，也包括其他，都是指某种精神类型、气质类型或人格类型，甚至只是一种"文化符号"。比如梅兰芳，职业虽是艺人，却不但成就极高，更在抗战时期，表现出传统士大夫的精神气质。因此，文化界普遍视他为士人，要尊称"梅先生"的。

五、中国古代知识分子性格分析

有一则寓言故事，最能体现中国古代知识分子的性格特点。

庄子钓于濮水，楚王使大夫二人往先焉，曰："愿以境内累矣！"庄子持竿不顾，曰："吾闻楚有神龟，死已三千岁矣，王巾笥而藏之庙堂之上。此龟者，宁其死为留骨而贵，宁其生而曳尾涂中乎？"二大夫曰："宁生而曳尾涂中。"庄子曰："往矣！吾将曳尾于涂中。"

在名利和自由之间选择，庄子选择了自由。当年老子骑青牛过函谷是出于对时局的失望，庄子更向前了一步，把以君主为核心的人生目标转移到了自身的价值取向，表现了强烈的自我意识和个性精神。

这是中国古代知识分子追求人格独立，追求精神绝对自由的转型。

此后，一大批知识分子前赴后继，沿着庄子的方向走来。李太白，或者"仰天大笑出门去，我辈岂是蓬蒿人！"以求仕进；或者"大道如青天，我独不得出！"发出失意后的愤懑。关汉卿则公开宣布："我是个蒸不烂、煮不熟、捶不扁、炒不爆，响当当一粒铜豌豆！"这些都可以见到历代文人的强烈自我意识和个性精神。

但是，自汉武帝和董仲舒合作之后，个性与自我便成为知识分子的奢侈品。汉武帝下诏征求治国方略，董仲舒在著名的《举贤良对策》中系统地提出了"天人感应""皇权天授""大一统"学说和"罢黜百家、独尊儒术"的主张，为汉武帝所采纳，使儒学成为中国社会正统思想，影响长达二千多年。其学以儒家宗法思想为中心，杂以阴阳五行说，把神权、君权、父权、夫权贯穿在一起，构成"三纲五常"社会伦理秩序，形成帝制神学体系。

理学是中国古代最为精致、最为完备的理论体系，其影响至深至巨。理学的天理是道德神学，同时成为儒家神权和王权的合法性依据，理学以儒家学说为中心，兼容佛道两家的哲学理论，论证了封建纲常名教的合理性和永恒性，至南宋末期被采纳为官方哲学。

魏晋名士之所以为两千年来知识分子景仰，恰是由于他们代表了中国知识分子梦寐以求的道统精神，精神自由，人格独立。

由于经济和政治上的独立，作为魏晋世家大族成员的大部分魏晋文人，其对势统的依赖性远远低于势统对他们的依赖。道统与势统的分裂，把他们的君权思想淡化到极低的限度。"自然"对"名教"的胜利，更使他们把外界的无形枷锁抛到九霄云外。在对社会一无所求之后，他们便轻松而潇洒地"越名教而任自然"，在反抗旧礼教中发展自己的个性。他们不仅在意识中复现自我，而且把自我作为对象加以塑造，这就是他们绚烂多彩的个性活动。

举一个小例子：

> 王子猷（yóu）居山阴，夜大雪，眠觉。开室命酌酒。四望皎然，因起彷徨，咏左思《招引诗》。忽忆戴安道，时戴在剡，即便夜乘小船就之。经宿方至，造门不前而返。人问其故，王曰："吾本乘兴而行，兴尽而返，

何必见戴？"（《世说新语·任诞》）

意思是：一次夜下大雪，王子猷从睡眠中醒来，打开窗户，命仆人斟上酒赏雪，忽然间想到了好友戴逵。当时戴逵远在曹娥江上游的剡县，即刻连夜乘小船前往。经过一夜才到，到了戴逵家门前，却命下人驱车回返。下人问他为什么辛苦一夜赶来，不见朋友面就回去。王子猷说："我本来是乘兴而来，这一路已经尽兴了，自然返回，为何一定要见戴逵呢？"

王子猷，即王徽之，字子猷，王羲之的儿子。在王子猷看来，为了一种既定的目的而有条不紊，按部就班地活着，就是"心为形役"，就是把自己交给了外界无形的绳索。他的行为目的，就是其行为本身，就是某一时间内自我价值的充分实现与满足。

因为魏晋的统治者往往借维护礼教之名来屠杀异己，孔融和嵇康均以违反礼教的罪名而被处死。其余的文人既不愿掉脑袋，也不肯违心地屈从统治者及其所维护的礼教。在一个不承认不容纳个性的社会环境中，一个人的个性活动只能保持在社会所能允许的范围内，否则就只能像孔融和嵇康那样。这本身就是对个性的亵渎，也是魏晋文人精神上极度痛苦的根源。

史料记载，王恭问王忱，阮籍何如司马相如？王忱没有从正面回答，只说："阮籍胸中垒块，故须酒浇之。"所谓"垒块"，就是因个性不得充分实现而否定世界，但为保全生命又不能像嵇康那样酣畅淋漓，毫无保留，以此在内心产生的郁结之气。就连司马昭也承认："阮嗣宗至慎，每与之交，言皆玄远，未尝臧否人物。"如果留心，可以发现，这些文人的个性表现在反礼教的同时，很注意不因此而罹祸。可以设想，这种"至慎"，需要多少酒精的麻醉，是以多少痛苦为代价所作出的忍耐。

宗白华先生说："他们不惜拿自己的生命、地位、名誉来冒犯统治阶级假借礼教以维护权位的恶势力。……这是真性情、真血性，和这虚伪的礼法社会不肯妥协的悲壮剧。这是一班在文化衰落时期替人类冒险争取真实人生真实道德的殉道者。"

一天，苏轼信步走在街上，遇到一个相士，那人仔细打量他半晌，才神神秘秘地告诉他，虽然骨相非凡，然而生就了"一双学士眼，半个配军头"，将来虽然文名满天下，但一生有迁徙不测之祸。

如果说，魏晋文人由于在"贵无"思想支配下对人格本体的追求，以及自身的强大世族经济和政治上垄断荐举的特殊地位使他们有条件形成群体的个性特征的话，那么到了吴敬梓生活的时代康乾时期，随着理学地位的逐渐巩固和八股制艺的强大控制力，文人从整体上来说，已经完全失去与"势统"对抗、保持群体独立人格的锐气和动力。尽管个别文人还没有完全失去自我，也热切企盼恢复文人的群体自尊和优越感觉，然而，当时的文人已被八股和理学打击得溃不成军，他们不仅缺少"以道自尊"的责任感和使命感，反而让"势统"的统驭工具八股制艺扭屈了自己的人格，成了八股制艺的驯服奴才，成了一群无颜以对魏晋文人这些骄傲的祖先的窝囊废。

吴敬梓在《儒林外史》中，以其悲愤和辛酸的笔触，写出了儒林群丑在人格意识方面的扭曲与堕落。如果说范进的中举变疯和周进的悲撞号板写出了士子因迷恋举业而完全被动地失去自我的话，那么匡超人和牛布衣或许从这种被动的吃亏中总结出避免被动吃亏的唯一良方便是主动地招摇撞骗、欺世盗名。这两组人物的走向便显示出这些丑类在人格意识的扭曲方面越陷越深的趋势。与魏晋文人相比，这些丑类实在不堪入目。在自我与外界的礼法与功名的认识上，魏晋人可以排出阮籍的"礼岂为我辈设也"，嵇康的"越名教而任自然"，张翰的"使我有身后名，不如即时一杯酒"这一大串掷地有声的铮铮之音和与之相应的潇洒之举，《儒林外史》中丑类则完全将自我消解在对外界功名的贪恋上。

马二先生是一个出入考场二十四载，依然以"生员"终其一生的白丁。尽管他在《儒林外史》书末"幽榜"一回中被赐进士出身，但这种死后追认式的抚慰，无论是对于死者还是生者的人格来说，都无异于是一种最廉价的施舍、最无情的嘲讽和最彻底的摧残。

在明清两代，一个士人具有了"编修"的身份，便意味着他已经达到了科举考试的最高等级，实现了其人生的最高理想。然而，在吴敬梓的笔下，并没有写出"鲁编修"实现了人生最高理想是如何的荣华富贵、光耀门楣，却是从鲁编修在京城清苦得实在混不下去的返乡途中写起这个人物的。他出场后的开场白是："做穷翰林的人，只望着几回差使。现今肥美的差，都被别人钻谋去了。白白坐在京里，赔钱度日。况且弟年将五十，又无子息，只有一个小女，还不曾许字人家，思量不如告假返舍，料理些家务，再作道理。"

科举制度牢牢地把士人与君王联系在一起，理学的强大影响又几乎遏止了自然之情的滋生。所以历代具有这种自我意识的知识分子只表现在个别人的个别生活阶段。而魏晋时期则具备了这样的条件，因而他们的自我意识完全是一股时代的巨流。其次，历代个别文人的自我意识往往只停留在非行为的意识与文字表述状态，而魏晋文人的自我意识则与其个性活动密不可分。

"长恨此身非我有，何时忘却营营！"苏轼这句诗概括了他们的矛盾心理状态。生命既属于自己，又属于功名利禄；既想做自由人，又舍不得那巨大的诱惑；一生都在为事业而献身，又在为牺牲自我而忏悔。

知识分子的这种状态，按照海德格尔的存在主义哲学理论，应该可以得到解释。

海德格尔认为，人的存在分为两种，也即本真状态和非本真状态。在日常的杂然共在中，那些沉溺于物质性的常人的存在，是人的异化的非本真状态。而能够摆脱生活的异化，充分展现和发展自己个性的人，则是以本真的状态生活在天地之间。卡夫卡的《变形记》真切描绘了肉体被异化的痛苦。

薛宝钗的完美人格，贤良淑德的人品，恰是中国知识分子被扭曲的人格，是黛玉所代表的人格独立、精神绝对自由的对立面。

但这不应该看做两体之间的矛盾，而应是一个矛盾的两个方面，是一体两面。

黛玉对道统的坚守，结果是一个悲剧；宝钗对势统的屈服，同样也是悲剧。

中国古代知识分子的痛苦，无法通过黛玉一身得以表达，必须钗黛一体，才能淋漓尽致的展现。

司马迁《报任安书》说道："盖西伯拘而演《周易》；仲尼厄而作《春秋》；屈原放逐，乃赋《离骚》；左丘失明，厥有《国语》；孙子膑脚，《兵法》修列；不韦迁蜀，世传《吕览》；韩非囚秦，《说难》、《孤愤》；《诗》三百篇，大底圣贤发愤之所为作也。"

曹雪芹的《红楼梦》亦此也。

六、竹、菊、莲与文人与黛玉

在中国传统文化中，素有梅兰竹菊"四君子"之说，又有松竹梅"岁寒三友"之喻，还有荷花"出淤泥而不染"之佳句脍炙人口。这几种植物在生活中习见习闻，古代文人引以为喻，象征着高洁品质与个性追求。可以说，这就是中华民族所独有的文化积淀。

（一）"竹"中高士

苏东坡说："宁可食无肉，不可居无竹。无肉令人瘦，无竹令人俗。人瘦尚可肥，士俗不可医。"这句话道出了中国古代文士对竹的推崇。而大观园中也只有一处有"凤尾森森，龙吟细细"的景象，这就是潇湘馆，而它的主人，就是林黛玉。

元妃省亲后，为了不使"佳人落魄，花柳无言"，便命家中几个"能诗会赋"的姐妹并宝玉一同住进大观园。当宝玉问黛玉愿住哪一处时，黛玉笑道："我心里想着潇湘馆好。我爱那几竿竹子，隐着一道曲栏，比别处幽静些。"

这潇湘馆第一次出现在读者面前就是一幅美丽的画面："只见前面一带粉垣，数楹修舍，有千百竿翠竹遮映。众人都道：'好个所在'……"脂砚斋也在这里指出是"森森万竿"的竹中精舍。作者笔下的亭台馆榭都是有深刻用意的。比如那蘅芜院，花木全无，只有异草，形成幽冷的境界，这又与宝钗的内心一般。又比如稻香村，与守节的李纨的性格颇为协调。

潇湘馆的竹子与黛玉的性格也有密切联系。清代郑板桥善于画竹，对竹这个意象所代表的精神颇有领会。他在《题兰竹石》中写道："盖竹之体，瘦劲孤高，枝枝傲雪，节节干霄，有似乎士君子豪气凌云，不为俗屈。故板桥画竹，不特为竹写神亦为竹写生。瘦劲孤高，是其神也；豪迈凌云，是其生也；依于石而不囿于石，是其节也；落于色相而不至于梗概，是其品也。"那么黛玉爱竹，不就是爱它的瘦劲孤高，枝枝傲雪，依于石而不囿于石吗？即使是在"木怪虎狼蹲"的险恶环境，她也始终孤标傲世，不为俗屈。

从黛玉的身上，不也能够看出中国古代文士闪亮的精神品格吗？在中国古代君权之上的社会里，文士们要发挥才能，就不能不依附于皇权。因为有了权力才能干出一番事业。文臣武将，甚至于文学侍从，都无时无刻感受到伴君如伴虎的凄凉。可是，我们的历史，从来不缺乏勇者。"安能摧眉折腰事权贵"的李白，"虽九死而犹未悔"的屈原，愈挫愈勇的刘禹锡，甚至于隐退田园的陶渊明，他们谁不是勇者？

魏晋士人最为崇尚的是竹，正始名士阮籍嵇康等"七人常集于竹林之下，肆意酣畅，故世谓'竹林七贤'。"把"竹子"和"贤"联系在一起，其中可以看出人们对竹子所表现出来的品格的一种肯定，一种由衷的赞许。另外，南朝有篇《永嘉郡记·竹中高士》，其中记载："乐城张荐隐居颐志，家有苦竹数十顷,在竹中为屋,常居其中,王右军闻而造之,逃避林中,不与相见,一郡号'竹中高士'。"

中国古代讲究天人合一。住在一片翠生生的绿竹当中,人的精神气质也能得到一定程度的升华。因而黛玉的气质中,处处可见竹之精神。

(二)人淡如"菊"

在《红楼梦》第三十七回到第三十八回中,大观园进行了一次诗歌创作比赛。林黛玉的海棠诗和菊花诗都是最好,可作者偏偏安排黛玉夺魁菊花诗,三首诗中,可以看出她以菊花自喻、自怜同时又是自傲的情绪。

菊花有着特殊的象征意义。

文学作品中真正意义上的赞颂菊花,是从屈原的"朝饮木兰之坠露兮,夕餐秋菊之落英"开始的,这里"菊花"的出现,又是同"修名"联系在一起的,"修名"就是美名。所以,"菊花"又是高尚品德的代名词。到了晋人陶渊明,"采菊东篱下,悠然见南山"意境悠远,意蕴深邃,菊花的精神气质被举架到令世人痴醉的地位。唐代黄巢"他年我若为青帝,报与桃花一处开"赋予了菊花倔强桀骜的叛逆精神,李清照"帘卷西风,人比黄花瘦"则将诗人的清寂孤苦刻入了文人情怀的永恒记忆。

菊花开在深秋,不与百花争妍,自有一番傲骨,它是花中君子,更是花中隐士,所以备受中国古代文士青睐。黛玉孤高自许,目无下尘,除了与宝玉有很多心灵交流,与紫鹃情同姐妹之外,看不出她与谁有很深的交往。她为人很淡,人淡如菊。同样身为小姐,她不像宝钗和探春一样积极参与贾府权力中心的活动。诚然,她没有领导和理财能力,但是这并不是她不问贾府之事的原因,她是压根就没有上心过名利之事。

黛玉的淡,淡在荣辱之外,淡在名利之外,淡在诱惑之外,却淡在骨气之内。

(三)出水芙蓉

如果说,"竹""菊"是作者间接赋予黛玉的两个意象,那么"芙蓉"则是作者隆重推出的一项桂冠。"寿怡红群芳开夜宴"一节中,黛玉掣签,掣出一枝芙蓉花。众人笑说:"这个极好,除了她,别人不配做芙蓉。"黛玉也自笑了。这一笑,笑得灿烂,如出水芙蓉一般干净明媚。

大家都知道周敦颐的《爱莲说》,对莲花进行了热情的讴歌,其中也可看出士人对莲花的喜爱以及它所代表的精神内涵。莲花"出污泥而不染","中通外直,不蔓不枝,香远益清,亭亭净植"。莲花有着不同流合污,洁身自好的品格。黛玉以自己独特的人格生活在大观园当中,"莲"之精神也是她的信仰,她不仅要保持自己的纯洁,还要"质本洁来还洁去",黛玉是以清俊灵秀之灵魂走完自己的一生的。

第十一章　谁是你心中的"林妹妹"

把目光从《红楼梦》原著移开，林妹妹便以千古女神的形象游走于我们的意识里了。于我而言，她可能是从《蒹葭》里走出的穿着一袭白衣"在水一方"的"伊人"，也可能是翩若惊鸿，婉若游龙，明眸善睐，神光离合的"河洛之神"，还可能是"众里寻他千百度，蓦然回首，那人却在，灯火阑珊处"的一缕奇香。

第一节　概述爱情三要素

社会心理学有个爱情三角理论，认为爱情体验由激情、亲密和承诺三大要素构成。激情指的是一种情绪上的着迷。亲密指的是两人互相喜欢的感觉。承诺指的是个人内心或口头对爱的预期。专家们把爱情分成了七类：①喜欢式爱情；②迷恋式爱情；③空洞式爱情、④浪漫式爱情；⑤伴侣式爱情；⑥愚蠢式爱情；⑦完美式爱情。

有两点提示：一是现实生活中有很多不是真正的爱情，而是类爱情，本质上并不是爱情。二是现实生活中的爱情并不像教科书上写得那样中规中矩，而是极具个性化甚至具有传奇色彩的。

第二节　"爱"之一字好辛苦

我们先撒一把狗粮，秀一秀名人们的林妹妹。

一、林妹妹可能是你的初恋

（1）林徽因是徐志摩的林妹妹。曾经"撑一支长篙,向青草更青处漫溯",曾经幻想着"河边的金柳是夕阳中的新娘",虽然"在康桥的柔波里,我甘心做一条水草",无奈有缘无分,最终只能"挥一挥衣袖,作别西天的云彩"。

（2）施绛年是戴望舒的林妹妹。一个撑着油纸伞,"有着丁香一样的颜色/丁香一样的芬芳/丁香一样的忧愁/在雨中哀怨/哀怨又彷徨"的姑娘,惜绛年心另有所属,芳心不予,"在雨的哀曲里/消了她的颜色/散了她的芬芳/消散了/甚至她的/太息般的眼光/丁香般的惆怅"。戴望舒只好"走遍茫茫的天涯路",只可"望断遥远的云和树"。

二、林妹妹可能是"与子偕老"的终生伴侣

（1）杨绛是钱锺书的林妹妹。在追求杨绛的"孔门"七十二弟子中,杨绛对钱锺书情有独钟,喜结连理,琴瑟和鸣,正如钱锺书的情诗里写的,"如此良辰如此月,与谁指点与谁看"。他们被人称为双剑合璧:"钱锺书如英气流动之雄剑,常常出匣自鸣,语惊天下;杨绛则如青光含藏之雌剑,大智若愚,不显刀刃。"

（2）卓文君是司马相如的林妹妹。卓文君"眉色远望如山,脸际常若芙蓉,皮肤柔滑如脂"。一曲《凤求凰》打动了卓文君的芳心,但受到了父亲卓王孙的强烈阻挠,两人私奔成都,生活窘迫,文君就把自己的头饰当了,开了一家酒铺。卓文君当垆卖酒,司马相如后厨涤器,成为自由恋爱的千古美谈。

三、林妹妹可能是你得而复失永远的心痛

（1）唐婉是陆游的林妹妹。唐婉文静灵秀,才华横溢,与陆游新婚燕尔,幸福美满。不料"东风恶,欢情薄",陆母棒打鸳鸯。"人成各,今非昨,病魂常似秋千索。"一曲《钗头凤》,魂归离恨天。四十年后,陆游七十五岁,重回沈园,写下了脍炙人口的《沈园》二首。其中有"伤心桥下春波绿,曾是惊鸿照影来"。陆游八十一岁时,已不能到沈园,依然梦中牵挂,又赋《梦游

沈园》诗："路近城南已怕行,沈家园里更伤情。"八十二岁时又作悼念唐婉的绝句:"城南亭榭锁闲坊,孤鹤归来只自伤。"

陆游八十五岁那年春天,也是他生命中的最后一个春天,仍由儿孙搀扶前往,此时沈园又经过了一番整理,景物大致恢复旧观,陆游满怀深情地写下了最后一首沈园情诗:"也信美人终作土,不堪幽梦太匆匆。"此后不久,陆游就溘然长逝了。一念至斯,可谓用情至深矣。

(2)卢氏是纳兰性德的林妹妹。纳兰性德的《画堂春》有"一生一代一双人,争教两处销魂。相思相望不相亲,天为谁春"的伤情佳句。在整部《纳兰词》中,描写与其妻子卢氏夫妻生活甜蜜的词章就有数十篇,可见纳兰与卢氏爱情的甜蜜,可以想见,当卢氏离开人世之后,纳兰是多么的伤心和孤独。

(3)王弗是苏轼的林妹妹。王弗十六岁那年与苏轼成婚。刚嫁给苏轼时,未曾说自己读过书。婚后,每当苏轼读书时,她便陪伴在侧,终日不去;苏轼偶有遗忘,她便从旁提醒。苏轼问她其他书,她都说略微知道,让苏轼大大惊奇她的学识。二人共读诗书,情深意笃,恩爱有加。可惜天命无常,王弗二十七岁那年病逝。苏轼外放到密州时,梦见爱妻王氏,便写下了那首传诵千古的悼亡词《江城子·乙卯正月二十日夜记梦》:"十年生死两茫茫,不思量,自难忘。千里孤坟,无处话凄凉。纵使相逢应不识,尘满面,鬓如霜。夜来幽梦忽还乡,小轩窗,正梳妆。相顾无言,唯有泪千行。料得年年肠断处,明月夜,短松冈。"

四、林妹妹可能是你志同道合的战友

(一)刑场上的婚礼荡气回肠

周文雍和陈铁军中国共产党的优秀党员。1927年10月,周文雍投入广州起义准备工作。陈铁军受党的派遣,装扮成周文雍的妻子,参与发动广州起义。1928年1月,周文雍当选为中共广东省委常务委员兼广州市委常务委员,再次与陈铁军回到广州,重建党的机关。1月27日,由于叛徒出卖,周文雍与陈铁军同时被捕。在狱中,他们备受酷刑,坚贞不屈。敌人无计可施,决定判处他们死刑。在共同进行革命斗争的过程中,周文雍和陈铁军产生了爱情。但为了革命事业,他们将爱情一直埋藏在心底。在生命的最后时刻,他们决定将埋藏在心底的爱情公布于众。行刑前，敌人问周文雍有什么要求，他提出要和陈铁军照一张合影。铁窗下，周文雍缓步走到陈铁军的面前，二人大义凛然，拍下了临刑前的最后一张合影，作为给党和同志们的永别留念。他们在敌人的刑场上举行了革命者婚礼，"就让这枪声，作为我们结婚的礼炮吧！"这伟大的爱情永远留在屏幕上，也留在了中华民族伟大的革命史上。

（二）王剑虹与瞿秋白

王剑虹与瞿秋白的爱情富有革命者的浪漫色彩。瞿秋白是中国共产党早期主要领导人之一，卓越的无产阶级革命家、理论家和宣传家。1935年6月18日被国民党军杀害，时年36岁。王剑虹是五四新女性的代表，是积极投身革命运动的进步青年。王剑虹喜欢读古诗，做新诗。王剑虹对瞿秋白爱得很深，但她把爱情埋藏在心底。瞿秋白亦然。因为忍受不了感情的折磨，王剑虹准备逃避感情回四川去。后经丁玲牵线，二人进入了热烈而甜蜜的苦恋，1924年1月二人终于结为伉俪。婚后，瞿秋白工作非常忙，常常在外忙了一整天，晚上还要赶写文章，通宵坐在桌前，王剑虹为他倒茶，点烟，一刻不离地陪在身边。这让我们想起归有光的妻子"时至轩中，从余问古事"的场景。瞿秋白得空便同王剑虹谈诗，写诗。1924年7月间，王剑虹不幸病逝。瞿秋白悲痛万分，他爱妻照片背后题了一首诗，开头写着："你的魂儿我的心。"

五、林妹妹可能是你的红颜知己

（1）高青子是沈从文的林妹妹。沈从文的发妻张兆和，是沈从文用一麻袋情书争取来的，张兆和出身高贵，是典型的贤妻良母，与沈从文过着甜蜜幸福的生活。五年后，命运使然，沈从文在熊希龄家遇到了文艺青年高青子。高青子的清丽脱俗的气质和对文学的执着追求使沈从文灵魂出窍了。于是经历了长达八年的婚外恋情。婚外恋像七月里的冰淇淋，见不得太阳。张兆和约谈了沈从文，最终沈从文又回到了张兆和身边。然而高青子成了沈从文永远的林妹妹却是事实，因为他的小说中到处游荡着高青子的影子。

（2）王朝云是苏轼的另一个林妹妹。朝云因家境清寒，自幼沦落在歌舞班中，为杭州名伎。但她天生丽质，聪颖灵慧，能歌善舞，虽混迹烟尘之中，却独具一种清新洁雅的气质，苏东坡因而爱幸之，纳为常侍。公元1094年，朝云随苏东坡谪居惠州，第三年亡故并葬于惠州西湖孤山。东坡不胜哀伤，亲撰墓志铭，并写下《西江月·梅花》《雨中花慢》和《悼朝云》等诗词，以寄托对朝云的深情和哀思。"玉骨那愁瘴雾，冰肌自有仙风。""伤心一念偿前债，弹指三生断后缘。"其词也悲，其情也哀。

（3）沈宛成为纳兰容若的另一个林妹妹。纳兰将他与沈宛的相逢，都归结于宿命，若非是三生石上的旧精魂，又怎会有人间这一场爱恋。纳兰对青梅竹马的表妹的爱，是一个少年第一次刹那的心动，纯真而洁净，可惜无缘婚姻。他对卢氏的爱，是一个男子对一个完美女性最真切的依恋，炽热而执着，虽然只有三年执手，却挂怀终生。而他对沈宛的爱，则是一个词人为一个知音交付自己所有真性情，是一种灵魂的奉献。对纳兰来说，沈宛就是一首耐人寻味的词，蕴含了山水、人文、情感，以及太多难以言说的美丽。无奈天不假命，纳兰和沈宛也只共同生活了一年就去世了，留下沈宛独自啜饮苦酒。

上述爱情故事，我们试图从爱情存在状态做了分类，意在彰显爱情的纯洁与伟大，初恋、伴侣、亡妻、战友、知己，无论哪种状态，都让人感受到扑面而来的的高贵情愫——爱。

第三节　此恨绵绵无绝期

我们再看看文学作品中那些光彩照人的林妹妹。

一、《长恨歌》

《长恨歌》是唐朝诗人白居易的一首长篇叙事诗。全诗形象地叙述了唐玄宗与杨贵妃的爱情悲剧。诗人借历史人物和传说，创造了一个回环婉转的动人故事，感染了千百年来的读者。诗中写杨玉环"杨家有女初长成"，"天生丽质难自弃，一朝选在君王侧。回眸一笑百媚生，六宫粉黛无颜色"。说杨玉环集三千宠爱于一身。可惜唐玄宗沉迷女色，不务政事，被安禄山钻了空子，发动兵变，欲夺李唐天下。唐玄宗被迫西逃，又遭手下兵谏，于是杨贵妃马嵬坡下魂断香消。杨贵妃的形象永远定格在了"玉容寂寞泪阑干,梨花一枝春带雨"。唐玄宗"上天入地求之遍,两处茫茫皆不见",于是有了人们美好的愿望:"在天愿做比翼鸟,在地愿为连理枝。"《长恨歌》成为千古佳作。

二、《西厢记》

《西厢记》故事,最早起源于唐代元稹的传奇小说《莺莺传》,叙述书生张珙与同时寓居在普救寺的已故相国之女崔莺莺相爱,在婢女红娘的帮助下,两人在西厢约会,莺莺以身相许,相亲相爱。后来张珙赴京应试,得了高官,却抛弃了莺莺,酿成爱情悲剧。相传这是元稹假借张生的自传体小说。写的就是"曾经沧海难为水,除却巫山不是云"的那个曾经深深相爱后来又狠心抛弃的恋人双文。这个故事到宋金时代流传更广,一些文人、民间艺人纷纷改编成说唱和戏剧,王实甫编写的多本杂剧《西厢记》,就是在这样丰富的艺术积累上进行加工创作而成的。

宝玉和黛玉共读《西厢记》,触发了甚至可以说是促进了宝黛爱的觉醒,功莫大焉。

第四节　历数前贤事如烟

说不清究竟有多少爱恨情仇,道不完轰轰烈烈世纪之恋。开列一个榜单,供您偶寄闲情,披文搜奇。

(1)后羿与嫦娥;

(2)西施与范蠡;

(3)虞姬和项羽;

(4)刘兰芝与焦仲卿;

(5)薛涛与元稹;

(6)霍小玉与李益;

(7)梁红玉与韩世忠;

（8）李清照与赵明诚；

（9）苏小妹与秦少游；

（10）杜十娘与李甲；

（11）柳如是与钱谦益；

（12）芸娘与沈复；

（13）李香君与侯方域；

（14）董小宛与冒辟疆；

（15）小凤仙与蔡锷；

（16）赵四小姐与张学良。

谁是你的林妹妹？人间自是有情痴，这世间，总有一种爱情属于你，不一定惊天动地，却一定独一无二。

第五节　结　语

到这里，关于"天上掉下个林妹妹"的探讨就结束了。

现在我们试着回答开篇的红楼七问：

（1）谁是《红楼梦》的主人公？

《红楼梦》塑造了以黛玉为核心形象的金陵十二钗群像。群钗形象是对林黛玉形象的补充和完善。黛玉则是曹雪芹本人心灵的投影，是古代知识分子性格与命运的写照。

（2）你怎样理解十二钗名字的含义？

元春、迎春、探春、惜春四姐妹揭示了红楼女儿的悲剧命运，组合起来就是"原应叹息"，即太虚幻境所谓"千红一哭""万艳同悲"。秦可卿乃"情可轻"之意，代表人间的情欲；而李纨则是"素心如简"清心寡欲的典型形象；王熙凤是汲汲于名利的贪欲的象征；妙玉则代表着不可企及的"色即是空"的理念；湘云则有魏晋名士的风范。

（3）你怎样认识大观园的生活常态？

大观园生活是曹雪芹理想的生活状态：琴棋书画，饮酒赋诗，谈情说爱。用司空图《二十四诗品·典雅》描述的最为精妙："玉壶买春，赏雨茆屋。坐中佳士，左右修竹。白云初晴，幽鸟相逐。眠琴绿阴，上有飞瀑。落花无言，人淡如菊。书之岁华，其曰可读。"

（4）宝玉认为女性美的标准是什么？

人说宝玉是泛爱主义，云"少女即妙"，我看宝玉集三千宠爱于黛玉一身，林妹妹就是鉴定美的唯一标准。

（5）红楼十二钗哪一个是作者的至爱？

曹雪芹太偏心了，把所有的好诗送给了林黛玉，诗冠群芳；把最好的命运写给了林黛玉，不受半点污垢。

（6）从林黛玉的形象背后你看到了什么？

庄子以降中国古代知识分子追求精神独立的高贵人格。

（7）谁是你生命里的林黛玉？

众里寻他千百度，蓦然回首，那人却在，灯火阑珊处。

《红楼梦》是伟大的。且不说它鸿篇巨制，草蛇灰线，伏脉千里；也不说它包罗万象，多姿多彩，被誉为"百科全书"；单说它的人物形象塑造，也可算是古典文学的巅峰之作。我只谈两点。

其一，它在中国古典文学史上，带来了一个空前未有的全新的创作态度，就是还原了女人的本来面目。

中国古典文学一直不乏美丽的女性的形象，但大多都没有摆脱封建制度和封建礼教对女人的诠释。最高的，不过是敢为自己的婚姻幸福斗争的女子，如崔莺莺；其次，是被侮辱、被伤害、被同情的女子，如杜十娘；再次，是"不仁不义"的红颜祸水形象，如陈圆圆；第四，是"活该被杀"的所谓"淫妇"形象，如潘金莲；第五，是作为男人的玩物，如《金瓶梅》中的众女子。

与其他古典文学作品相比，《红楼梦》尤其显得伟大。曹雪芹说得很清楚，他要使"闺阁昭传"，使天下后世知道"闺阁中历历有人"，"万不可使其泯灭也"。他本着这个目的来塑造人物，成功塑造了一个美女群体。她们的"美"是现实和理想高度融合的典范，所以能跨越历史的时空，为不同时代、不同阶层的人所欣赏。第一，她们是平凡的美，不是仙女的美，也不是英雄的美；第二，她们是青春的美，是纯洁的美，她们之间的心计不是成年男女的心计，是少女的可爱；第三，她们的美不仅是容貌的美，更有心灵的美，是还没有受世俗社会污染的美；第四，他们的美是内在的美，她们有天分、有才华、有古典文化的熏陶；第五，她们的美是群体的美，也是个性的美，她们之间有共同之处,却又毫不雷同。

其二,《红楼梦》的伟大在于它自始至终都贯穿着符号意识,主体意识,整体意识,运用隐喻象征等复杂手法,在世人眼里看似荒唐的爱情故事中,以宝黛钗爱情故事为主线,以林黛玉形象为核心形象,渗透了封建伦理道德对女性的戕害,隐含了中国古代知识分子的性格及命运,讴歌了古代知识分子对精神独立和自由的追求,在势统与道统的纠结中,始终保有一颗高洁纯粹,不染尘埃的初心。在当时文字狱盛行的残酷现实面前,不屈不挠,高举起精神独立与人格自由的大纛。

这就是"天上掉下个林妹妹"这个讲座最终要端给您的一碗鸡汤。

后 记

昔曹公"批阅十载,增删五次",成就了洋洋巨著《红楼梦》。感奋之余,笔者不揣浅陋,欲假黛玉形象之分析,叙古代士子之"性命"。自忖无学者专家之宏识,不得放言义理与考据,乃就《红楼》冰山之一角,爬罗剔抉,刮垢磨光,冀或有一小善而自足矣。

本书初心在与众弟子分享读《红楼梦》的几点体悟,罗列如下:

一、《红楼梦》塑造了一组青年女子群像,而林黛玉是核心形象;

二、裙钗皆为黛影;

三、钗黛本为矛盾的一体两面;

四、林黛玉是中国古代知识分子性格与命运的艺术符号;

五、研究角度应从原作形象入手;

六、研究方法可采用比对分析法;

七、研究导向需贯彻符号意识。

本书的创作历经八年,经历了两轮校本课程实授,其间从PPT稿到讲稿,到课堂实录,到草稿、初稿、修改稿、再改稿,废寝忘食,增删披阅,尽十分之力气,穷半生之所学,遂成此稿。其间得到领导、好友和家人热情关注与大力支持,尤其是徐华校长于百忙中拨冗作序,庞元责编反复推敲、悉心指导,甚是感念,在此一并谢过。